Emilio Salgari

Le novelle marinaresche di mastro Catrame

Texte et illustration de couverture : © domaine public
Edition : Culturea (Hérault, 34)
Contact : infos@culturea.fr
Retrouvez notre catalogue sur http://culturea.fr
Imprimé en Allemagne par Books on Demand
Design typographique : Derek Murphy
Layout : Reedsy (https://reedsy.com/)

Dépôt légal : janvier 2023

ISBN : 9791041842308

Un lupo di mare

Non avete udito mai parlare di mastro Catrame? No?...

Allora vi dirò quanto so di questo marinaio d'antico stampo, che godette molta popolarità nella nostra marina: ma non troppe cose, poiché, quantunque lo abbia veduto coi miei occhi, abbia navigato molto tempo in sua compagnia e vuotato insieme con lui non poche bottiglie di quel vecchio e autentico Cipro che egli amava tanto, non ho mai saputo il suo vero nome, né in quale città o borgata della nostra penisola o delle nostre isole egli fosse nato.

Era, come dissi, un marinaio d'antico stampo, degno di figurare a fianco di quei famosi navigatori normanni che scorrazzarono per sì lunghi anni l'Atlantico, avidi di emozioni e di tempeste, che si spinsero dalle gelide coste dei mari del nord fino a quelle miti del mezzogiorno, che colonizzarono la nebbiosa Islanda e conquistarono il lontano Labrador, quattro o forse cinquecento anni prima che il nostro grande Colombo mettesse piede sulle ridenti isole del golfo messicano.

Quanti anni aveva mastro Catrame? Nessuno lo sapeva, perché tutti l'avevano conosciuto sempre vecchio. È certo però che molti giovedì dovevano pesare sul suo groppone, giacché egli aveva la barba bianca, i capelli radi, il viso rugoso, incartapecorito, cotto e ricotto dal sole, dall'aria marina e dalla salsedine. Ma non era curvo, no, quel vecchio lupo di mare!

Procedeva, è vero, di traverso come i gamberi, si dondolava tutto, anche quando il vascello era fermo e il mare perfettamente tranquillo, come se avesse indosso la tarantola, tanta era in lui l'abitudine del rollio e del beccheggio; ma camminava ritto, e quando passava dinanzi al capitano o agli ufficiali teneva alto il capo come un giovinotto, e da quegli occhietti d'un grigio ferro, che pareva fossero lì lì per chiudersi per sempre, sprizzava un bagliore come di lampo. Ma che orsaccio era quel mastro Catrame! Ruvido come un guanto di ferro, brutale talvolta, quantunque in fondo non fosse cattivo: poi superstizioso come tutti i vecchi marinai, e credeva ai vascelli fantasmi, alle sirene, agli spiriti marini, ai folletti, ed era avarissimo di parole. Pareva che faticasse a far udire la sua voce, si spiegava quasi sempre a monosillabi e a cenni, non amava perciò la compagnia e preferiva vivere in fondo alla tenebrosa cala, dalla quale non usciva che a malincuore. Si sarebbe detto che la luce del sole gli faceva male e che non poteva vivere lontano dall'odore acuto del catrame, e forse per questo gli avevano imposto quel nomignolo, che poi doveva, col tempo, diventare il suo vero nome.

Chi aveva mai veduto quell'uomo scendere in un porto? Nessuno senza dubbio. Aveva un terrore istintivo per la terra, e quando la nave si avvicinava alla spiaggia, lo si vedeva accigliato, lo si udiva brontolare, e poi spariva e andava a rintanarsi in fondo del legno. Di là nessuno poteva trarlo; guai anzi a provarsi! Mastro Catrame montava allora in bestia, alzava le braccia e quelle manacce callose, incatramate, dure come il ferro e irte di nodi, piombavano con sordo scricchiolio sulle spalle dell'imprudente, e i mozzi di bordo sapevano se pesavano!

Per tutto il tempo che la nave rimaneva in porto, mastro Catrame non compariva più in coperta. Accovacciato in fondo alla cala, passava il tempo a sgretolare biscotti con quei suoi denti lunghi e gialli, ma solidi quanto quelli del cignale, a tracannare con visibile soddisfazione un buon numero di bottiglie di vecchio Cipro, alle quali spezzava il collo per far più presto, e a consumare non so quanti pacchetti di tabacco.

Quando però udiva le catene contorcersi nelle cubìe[1] e attorno all'argano, e lo sbattere delle vele e il cigolare delle manovre correnti entro i rugosi boscelli, si vedeva la sua testaccia apparire a poco a poco a fior del boccaporto e, dopo essersi assicurato che la nave stava per ritornare in alto mare, compariva in coperta a comandare la manovra.

Sembrava allora un altro uomo, tanto che si sarebbe detto che invecchiava di mano in mano che si avvicinava alla terra e che ringioваniva di mano in mano che se ne allontanava per tornare sul mare. Forse per questo si sussurrava fra i giovani marinai che egli fosse uno spirito del mare e che doveva esser nato durante una notte tempestosa da un tritone e da una sirena, poiché quello strano vecchio pareva si divertisse quando imperversavano gli uragani, e dimostrava una gioia maligna che sempre più cresceva, allora che più impallidivano dallo spavento i volti dei suoi compagni di viaggio.

Da che cosa provenisse quell'odio profondo che mastro Catrame nutriva per la terra? Nessuno lo sapeva, e io non più degli altri, quantunque mi fossi più volte provato ad interrogarlo. Egli si era contentato di guardarmi fisso fisso e di voltarmi bruscamente le spalle, dopo però avermi fatto il saluto d'obbligo, poiché mastro Catrame era un rigido osservatore della disciplina di bordo.

Del resto tutti lo lasciavano in pace, mai lo interrogavano, poiché lo temevano e sapevano per esperienza che aveva la mano sempre pronta ad appiopare un sonoro scapaccione, malgrado l'età, e qualche volta anche faceva provare la punta del suo stivale. Gli uni lo rispettavano per l'età, gli altri per paura.

Lo stesso capitano lo lasciava fare quello che voleva, sapendo che in fatto di abilità marinaresca non aveva l'eguale, che poteva contare su di lui come su d'un cane affezionato, sebbene ringhioso, e che valeva a far stare a dovere l'equipaggio anche con una sola occhiata, né mancava mai al suo servizio.

Una sera però, mentre dai porti del Mar Rosso navigavamo verso i mari dell'India, mastro Catrame, contrariamente al solito, commise una mancanza che fece epoca a bordo del nostro veliero: fu trovato nientemeno che ubriaco fradicio in fondo alla cala!... Come mai quell'orso, che da tanti anni aveva dato un addio ai forti liquori che tanto piacciono ai marinai e che mai una volta si era veduto barcollare pel soverchio bere, si era ubriacato? Il caso era grave; ci doveva entrare qualche gran motivo, e il nostro capitano, che voleva veder chiaro in tutto, ordinò un'inchiesta, su per giù come fanno le nostre autorità quando accade qualche grosso avvenimento.

E la nostra inchiesta approdò a buon porto, poiché si constatò con tutta precisione che mastro Catrame si era ubriacato per errore! Qualche burlone aveva mescolato fra le bottiglie di Cipro una di rhum più o meno autentico, e il vecchio lupo l'aveva tracannata tutta senza nemmeno accorgersi della sostituzione.

Un mastro che si ubriaca durante la navigazione non la può passar liscia, e tanto meno doveva passarla mastro Catrame, che era così rigido osservatore delle discipline marinaresche. Quale brutto esempio, se lo si fosse graziato!

Il capitano con tutta serietà ordinò che si portasse il colpevole sul ponte appena l'ebrezza fosse passata, e avvertì l'equipaggio di tenersi pronto per un consiglio straordinario. Dopo due ore mastro Catrame, ancora stordito da quella abbondante libazione, che avrebbe potuto riuscire fatale a uno stomaco meno corazzato, compariva in coperta torvo, accigliato, coi peli del volto irti. I suoi occhietti correvano dall'uno all'altro marinaio, come se volessero scoprire il colpevole di quella brutta gherminella.

Il capitano, appena lo vide, gli andò incontro, lo prese ruvidamente per un braccio e lo fece

---

1 Aperture che si trovano a prua delle navi e per dove passano le catene delle àncore.

sedere su di un barile che era stato collocato ai piedi dell'albero maestro. Con un cenno fece radunare attorno al colpevole l'equipaggio, poi, affettando una gran collera che non provava e facendo la voce grossa per darsi maggior importanza, disse:

- Papà Catrame, - lo chiamava così, - sapete che i regolamenti di bordo condannano il marinaio che si ubriaca durante il servizio?

Il lupo di mare fece un cenno affermativo e barbugliò un «fate».

- Quest'uomo è colpevole? - chiese il capitano, volgendosi verso l'equipaggio, che rideva sotto i baffi, sapendo già come doveva finire quella commedia.

- Sì, sì, - confermarono tutti.

- Se tu fossi più giovane, ti farei chiudere nella cabina coi ferri alle mani e ai piedi; ma sei troppo vecchio. Ebbene, io cambio la pena condannandoti a sciogliere quella lingua, che è sempre muta, per dodici sere.

- Orsù, papà Catrame, taglia i gherlini[2] che la tengono legata, accendi la tua pipa e narraci dodici storie, le più belle che sai - e ne devi sapere, veh! - e tu, dispensiere, reca una bottiglia del più vecchio vino di Cipro che troverai nella mia cabina, onde la lingua del vecchio orso non si secchi. Avete capito?

Una salva d'applausi accolse le parole del capitano, a cui fece eco un sordo grugnito di mastro Catrame, non so poi se di contentezza per essere sfuggito ai ferri o di malcontento per dover sciogliere la lingua.

---

2 Gherlino: piccola fune che serve per ammainare le bandiere dei segnali.

Il vascello maledetto

Ecco papà Catrame seduto sul barilotto, colle gambe incrociate alla maniera dei turchi, e circondato da tutti i marinai i quali sbarrano tanto d'occhi e aguzzano per bene gli orecchi per non perdere una sillaba dl quanto egli sta per narrare.

L'Oceano Indiano era così calmo da permettere a tutti - il timoniere eccettuato - di prendere parte a quelle narrazioni interessanti e meravigliose. Un leggero vento che veniva dalle coste d'Africa spingeva la nave verso l'Est, a quella terra strana che si chiama India, e dalla quale eravamo ancora lontani, tanto da poter udire tutte le dodici novelle richieste dal nostro amabile capitano.

Mastro Catrame, dopo d'aver reclamato con un gesto e un'occhiata uno scrupoloso silenzio da parte di tutto l'uditorio, tracannò d'un sol fiato un grande bicchiere di vecchio Cipro per snebbiarsi il cervello, spezzò coi lunghi denti gialli da vecchio topo un eccellente sigaro d'Avana che gli porgeva il capitano, l'accese con visibile soddisfazione, poi disse con voce grossa e da oltre tomba:

- Io appartengo a una generazione che è quasi tutta spenta, poiché sono vecchio, vecchio assai, e tutti quelli che m'hanno veduto mozzo riposano in fondo alla grande tazza[3] da molti anni, o dentro il ventre di qualche grosso pescecane.

Si fermò, quand'ebbe ciò detto, guardandoci con malizia per vedere quale effetto avesse prodotto quella lugubre prefazione che metteva i brividi, poiché aveva una intonazione strana, paurosa; poi continuò:

- Sono vissuto in un'epoca in cui si credeva alla comparsa dei vascelli fantasmi, agli esorcismi per calmare le tempeste o per sciogliere le grandi trombe marine, alle sirene che venivano a cantare sotto la poppa delle navi attirando gli incauti marinai, agli spiriti del mare, a Nettuno, il re degli abissi oceanici, alla comparsa dei marinai naufragati, ai mostri, alle streghe, alle figlie della spuma. Voi non credete più a tutto ciò, le chiamate leggende paurose, inventate da uomini ubriachi o dalla fantasia tetra dei popoli nordici; ma v'ingannate. Papà Catrame ha veduto molto: le sirene, i morti, i vascelli fantasmi e più ancora.

Il vecchio lupo di mare, dopo questo secondo esordio non meno lugubre del primo, girò intorno un altro sguardo. Nessuno fiatava, né batteva ciglio: eravamo tutti impressionati e i volti dei mozzi e dei giovani marinai erano impalliditi. Solo il capitano si manteneva impassibile, e le sue labbra si erano atteggiate ad un sorriso beffardo.

Papà Catrame rimase alcuni istanti silenzioso per raccogliere meglio le idee, indi riprese:

- Non ricordo più l'epoca, poiché sono trascorsi moltissimi anni ed io ero ancora un ragazzo, non più mozzo, ma non ancora marinaio. Avevo preso imbarco su di una grande fregata a tre ponti, un tipo di nave che non si trova più, poiché tutto è cambiato ora, cambiate le navi, come le abitudini marinaresche.

- Si chiamava la Santa Barbara: ma il capitano, uno spregiudicato che non temeva né Dio, né il diavolo, che bestemmiava da mane a sera come il leggendario olandese del vascello fantasma, e non credeva in nulla, le aveva imposto un altro nome: il Caronte.

- Brutte storie correvano sul conto di quella fregata, comandata da quel dannato, un vero

---

3 Espressione marinaresca che significa «il mare».

dannato, ve lo dice papà Catrame! Si diceva che tutte le notti, nel fondo della tenebrosa cala, si udivano dei misteriosi fragori e dei gemiti; che nelle corsìe[4] si vedevano passare delle ombre bianche che poi scomparivano, e che sulla cima degli alberi appariva sovente una fiammella azzurra. Si diceva ancora che tutte le notti un marinaio nero nero, col viso coperto da una lunga barba rossa, entrava nella cabina del capitano per giocare e bere. Chi fosse, io non ve lo saprei dire; ma i marinai del Caronte sussurravano che doveva essere messer Belzebù: altri invece asserivano che era uno dei marinai fatti ingiustamente appiccare dal capitano, poiché quell'uomo era crudele e aveva ucciso parecchi dei suoi per un nonnulla. Insomma tutti avevano paura, e quando la nave approdava, non pochi marinai disertavano, temendo di finirla male in compagnia di quel tizzone d'inferno.

- Un abate, che un tempo era stato amico del capitano, aveva cercato di persuadere il testardo bestemmiatore a ridare alla nave il primiero nome e a ravvedersi, ma non era riuscito a nulla; anzi aveva avuto in risposta delle minacce; e il nome di Caronte era rimasto.

- Avevamo percorsi parecchi oceani e, cosa davvero strana, nessuna tempesta ci era toccata; ma i rumori continuavano a bordo della fregata, e di notte nessun marinaio avrebbe osato scendere solo e senza lume in fondo alla cala. Si sarebbe lasciato frustare a sangue col gatto a nove code[5] piuttosto di calarsi in quella nera voragine.

- Così però non la poteva durare. Il bestemmiatore era ormai giudicato: il vascello dell'olandese dannato doveva aver bisogno di un marinaio, e voi dovete sapere che su quella nave maledetta, destinata a navigare in eterno fra una continua tempesta, non salgono che gli empi e i crudeli. Avevamo lasciate le coste dell'Africa diretti all'America meridionale, al Callao. Appena lasciato il porto, un marinaio cadde da un pennone e si annegò prima che si avesse avuto il tempo di mettere le imbarcazioni in acqua; al secondo giorno un pennone cadeva dall'albero di trinchetto e piombava ai piedi del capitano, che per poco non rimase ucciso; al terzo giorno una procellaria venne a svolazzare tre volte sopra la nostra nave e precisamente sopra la cabina del bestemmiatore.

- La procellaria è l'uccello delle tempeste e porta con sé la sventura. Allora si credeva che fosse l'anima di un marinaio morto, e fra l'equipaggio si sussurrò subito che era quella del disgraziato caduto dall'albero e che veniva ad avvertirci di qualche grave sciagura.

- Un superstizioso terrore aveva invaso tutto l'equipaggio. Un viaggio così male cominciato non doveva finire bene: qualche cosa di grave stava per accadere, lo si sentiva per istinto; ma il capitano non se ne preoccupava, anzi pareva che, come l'olandese maledetto, volesse sfidare il destino e i decreti del Cielo. Bestemmiava più del solito, maltrattava l'equipaggio più dell'usato, beveva e giocava da mane a sera.

- Ma ecco che un giorno, quando ci trovavamo nei pressi del Capo Horn, l'aria si fa buia ed il mare monta. Sulla sconfinata distesa d'acqua calano, come un immenso stormo di corvi, le tenebre, e il vento fischia attraverso l'alberatura in un modo diverso dal solito, poiché quei fischi erano stridenti, e di tratto in tratto pareva che nel fondo degli abissi marini urlassero dei dannati.

- Nella stiva si udivano dei fragori paurosi; era un rotolare di catene, quantunque là catene non ve ne fossero, erano boati profondi, poi gemiti. Voi direte che erano i puntelli dei ponti, i corbetti[6] o il fasciame che scricchiolava. No! Ve lo dice papà Catrame!

Un fremito di paura corse per le membra di tutto l'uditorio a quella solenne affermazione del vecchio marinaio. I mozzi si strinsero attorno ai marinai, e i marinai addosso agli ufficiali. In quel

---

4 Corridoi che conducono nelle batterie.
5 Staffile formato da nove funicelle, un tempo in uso nella marina per punire i ribelli.
6 Costole della nave.

momento si sarebbe udita volare una mosca, tanto era profondo il silenzio che regnava sulla nave, e si sentivano distinti i palpiti di tutti i cuori. Gli occhi di ciascuno erano fissi fissi sul mastro, che pareva assumesse proporzioni gigantesche e che diventasse di momento in momento più bianco, più diafano, e come uno dei paurosi fantasmi che popolavano la cala del Caronte.

- Verso il tramonto, - riprese papà Catrame con voce cupa, - ecco apparire in lontananza il Capo Horn, il temuto promontorio dell'America meridionale. Parve allora che il mare raddoppiasse la sua ira, non altrimenti che quello del Capo di Buona Speranza, quando l'olandese maledetto vendette l'anima al diavolo, per superarlo malgrado la tempesta.

- In cielo guizzavano lampi abbaglianti e il tuono rombava incessantemente, facendo tremare perfino gli alberi della nostra nave; fra le nubi sibilava e strideva il vento, e le onde si accavallavano con una rabbia tale che non vidi più mai dopo d'allora, quantunque abbia affrontato di poi non so quanti uragani.

- L'equipaggio, spaventato, smarrito, pregava; ma il capitano, no imprecava orrendamente contro il Cielo e invocava Satana per aiutarlo a superare il promontorio.

- Ed ecco ad un tratto apparire sulle spumeggianti onde un punto nero che si avvicina a noi con fulminea rapidità: era la procellaria, quella stessa che era venuta a svolazzare tre volte sul ponte, dopo la morte del marinaio.

- Girò ancora tre volte attorno a noi e si fermò sopra il nostro vento[7] dell'albero di mezzana.

- «È l'anima del marinaio!» - esclamarono tutti. - «Sciagura! sciagura!...»

- «Ritorni all'inferno!» - urlò il capitano, e, puntato un fucile, fece fuoco due volte contro l'uccello, ma senza colpirlo, poiché volò via lentamente, fece tre giri ancora attorno al Caronte e sparve fra le onde.

- Ci allontanammo dal capitano, inorriditi, esclamando:

«Sciagura!... sciagura!...»

- Egli ci rispose con un uragano di imprecazioni orribili.

- Il mastro d'equipaggio, un vecchio dalla barba bianca, che credeva come me al ritorno delle anime, scese nella sua cabina, prese la croce e la piantò sulla prua del legno.

- Quell'atto rese più che mai furibondo il bestemmiatore. Slanciatosi giù dal ponte di comando, balzò sul castello di prua e gettò la croce in mare!

- Quasi subito un lampo livido balenò fra le nubi, seguito da un rombo così spaventevole che cademmo tutti tramortiti sul ponte. Quando ci rialzammo la giustizia di Dio era compiuta: l'empio giaceva ai piedi dell'albero maestro senza vita: un fulmine l'aveva ucciso!...

- Allora sulla linea fosca dell'orizzonte vedemmo il mare alzarsi a prodigiosa altezza, mentre sulle alte rocce del Capo Horn lampeggiava; poi apparve fra una luce sanguigna un gran vascello tutto nero, colle vele pure nere sciolte al vento e guidato da un uomo di statura gigantesca. Era il vascello dell'olandese maledetto, che veniva a reclamare l'anima del bestemmiatore!

- Correva con una velocità spaventevole, urtato da tutte le parti da onde mostruose e sulla cima dei suoi alberi brillavano tre fiamme azzurre. Percorse un tratto dell'orizzonte, poi scomparve

---

7 Specie di banderuola che si colloca sulla cima degli alberi.

improvvisamente come se si fosse inabissato.

- Voi mi direte che era una nave qualunque, ingrandita dalla nostra paura, poiché voi non credete al vascello fantasma; ma io l'ho veduto coi miei occhi, e gli occhi di papà Catrame erano buoni in quel tempo! Voi direte che ho creduto di vedere, ma io vi affermo che ho veduto bene e nessuno potrà mai farmi credere il contrario.

- Volete sapere di più? Quando l'indomani gettammo in mare il cadavere del bestemmiatore, lo vedemmo alzarsi tre volte sopra l'acqua; poi le onde se lo presero e lo portarono lontano lontano, verso il luogo ove era scomparso il vascello fantasma.

- Papà Catrame è qui ancora, ma il capitano del Caronte è a bordo dell'olandese, dannato anche lui a navigare eternamente sul mare tempestoso fra il Capo Horn e quello di Buona Speranza!...

Un silenzio glaciale accolse la sinistra chiusa del vecchio marinaio. Nessuno fiatava, all'infuori del capitano, che sorrideva sempre: si sarebbe detto che tutti avevano paura di volgersi per la tema di scorgere il vascello maledetto solcare l'orizzonte. Su tutti i volti si leggeva un superstizioso terrore e i mozzi specialmente erano pallidissimi.

Papà Catrame centellinò un altro bicchiere di Cipro, si mise la bottiglia sotto il braccio, ci augurò la buona notte con tono canzonatorio e discese dal barile per tornare nella cala, quando il nostro capitano, che non aveva cessato di sorridere durante la intera narrazione, gli fe' cenno di arrestarsi:

- È questa la tua storia? - gli chiese con voce beffarda.

- Sì, - rispose il mastro, stupito per quella interrogazione.

- Dunque tu credi all'esistenza del vascello fantasma?

- Se credo!... L'ho veduto coi miei propri occhi!

- O hai creduto di vederlo?

Mastro Catrame lo guardò con certi occhi che pareva volessero dire: «Ma voi impazzite?»

- Catrame, - disse il capitano, diventato serio. - Non ti è mai passato pel capo il dubbio di aver veduto male o di essere stato ingannato da qualche fenomeno?

- Mai, signore, - rispose il mastro, sempre più stupito.

- Dimmi allora: hai mai udito parlare del miraggio, o, se meglio ti piace, della fata morgana?

- Non so cosa volete dire.

- Allora ti spiegherò io. Sul mare, come sugli ampi deserti, specialmente sul Sahara, per esempio, avviene talvolta un fenomeno strano, ma spiegabilissimo.

- Quando gli strati dell'aria, dilatati pel contatto caldo col suolo o con una distesa d'acqua che ha una certa temperatura ed aventi una densità differente, non si mescolano a quelli soprastanti, fanno vedere delle curiosissime illusioni d'ottica: di una semplice roccia ti fanno vedere un'isola verdeggiante, di un canotto un vascello, di un vascello un naviglio mostruoso, di un uomo un gigante, eccetera. Ora cosa pensi tu dell'apparizione del preteso olandese?

- Che gli scienziati hanno inventato delle belle frottole, signore.

- No, Catrame: la frottola ce l'hai data da bere tu, o meglio sei stato corbellato da un semplice miraggio. Il grande vascello che tu hai veduto e che credevi appartenesse all'olandese maledetto, il quale, se non lo sai, non è mai esistito, era una nave qualunque che passava all'orizzonte, ingrandita e trasformata dalla fata morgana. Ah, Catrame, come sei credulo!...

Il mastro lo guardava trasognato. Stette parecchi minuti immobile fissando il capitano, poi si allontanò a lenti passi e sparve pel boccaporto. Benché quella spiegazione scientifica fosse giusta, fu poco persuasiva pel nostro equipaggio, ed io scommetterei che quella notte più d'un marinaio non dormì e che gli uomini di guardia aguzzarono più volte gli occhi per vedere se all'orizzonte appariva il legno dell'olandese maledetto.

Il passaggio della linea

Per tutto il giorno seguente papà Catrame non comparve sul ponte della nave. Rintanato nella cala, aveva dormito come un ghiro, russando come una trottola d'Allemagna. Svegliatosi, sorseggiò ciò che era rimasto nella bottiglia e divorò con un appetito da pescecane la razione recatagli dai mozzi.

Del resto, la sua presenza in coperta non era necessaria, poiché il tempo si manteneva tranquillo, l'oceano era liscio come uno specchio, e il vento debole.

Quando però il sole scomparve all'orizzonte e la luna si alzò in cielo, riflettendosi vagamente nell'azzurra e limpida superficie del mare, si udì la scala del boccaporto maestro scricchiolare, e poco dopo si vide apparire il vecchio marinaio.

Aspirò avidamente una boccata d'aria marina, percorse il legno da prua a poppa, con quel suo dondolamento che lo faceva rassomigliare a un orso bianco, diede una sbirciata alle vele senza guardare in viso nessuno, caricò flemmaticamente la sua corta pipa, nera come la camicia di uno spazzacamino, poi andò a sedersi con tutta gravità sul barile e parve immerso in profondi pensieri.

Tosto i marinai, a due, a tre alla volta, i più coraggiosi prima, i paurosi poi, ed i superstiziosi ultimi, s'avvicinarono silenziosamente al vecchio marinaio, circondandolo. Il capitano fu l'ultimo a giungere, tenendo in mano un'altra bottiglia.

Tutti rispettavano il raccoglimento del vecchio, e certo nessuno avrebbe osato strapparlo alle sue meditazioni; ma la pazienza non era la virtù del capitano.

- Olà, papà Catrame, sei morto? - gli chiese.

Il vecchio alzò il capo e, fissando il comandante, gli domandò a bruciapelo: - Credete al re del mare, voi?

Il capitano scoppiò in una risata fragorosa, ma nessun marinaio lo imitò. Bensì tutti lo guardarono con stupore, come se fossero meravigliati che egli non prestasse fede a ciò che narrava papà Catrame.

Il lupo di mare non mostrò tuttavia di offendersi, però la sua fronte si corrugò, e, battendo con quelle mani callose e irte di nodi i bordi del barile, esclamò: - Me lo direte poi!

Ricadde nelle sue meditazioni, ma per pochi istanti, poiché ad un tratto si scosse, come se avesse trovato quello che cercava nei suoi lontani ricordi, e disse: - Oggi non si costuma più; i lodevoli usi degli antichi marinai sono messi da un lato come ferravecchi inservibili, e non si crede che valga la pena di rendere omaggio a Nettuno, il re degli abissi marini. Che importa se le navi affondano più spesso che una volta? Sono casi, dicono gli scettici; sono accidenti, affermano gli spregiudicati. Al diavolo le superstizioni dei vecchi marinai! Lasciamo da parte le leggende, distruggiamo tutto, ché il mondo deve rifarsi. Non è così?

Papà Catrame fece udire un riso stridulo, beffardo, che aveva un non so che di strano, e che parve si ripetesse fino in fondo alla stiva.

- La linea! - riprese poi. - Chi oggi, passando la linea, rende omaggio al re del mare? Peuh! Hanno altro pel capo i marinai moderni, che di pensare a Nettuno! Ma quale vendetta si prende talora questo re del mare! Oh che! credete forse che gli antichi marinai abbiano inventato la cerimonia per far ridere voi, spregiudicati? O credete che un tempo pensassero a divertirsi frammezzo alle onde incalzanti e ai sibili diabolici del vento? No, no; e papà Catrame, se così vi parla, ne ha il motivo.

- Voi siete giovani, e nulla sapete sul passaggio della linea, che oggi si celebra al più con una innaffiata del ponte; ma un tempo era una cerimonia importante, e nessun marinaio, per quanto audace, avrebbe osato passarvi sopra, poiché la vendetta di Nettuno presto o tardi lo avrebbe infallantemente colpito.

Ora ve lo proverò.

Papà Catrame rattizzò la pipa col suo pollice incombustibile, sorseggiò un buon bicchiere che gli offriva il capitano, reclamò con un gesto maestoso il più assoluto silenzio, e dopo di essersi accomodato sul barile, principiò la sua seconda e non meno interessante narrazione.

- Un destino strano, incomprensibile, mi spinse sempre a prendere imbarco sulle peggiori navi della nostra marina; e io non le cercavo, veh! Quasi tutti i capitani che ho servito nella mia lunga, lunghissima carriera marinaresca, erano bestemmiatori o scredenti. Non badavano alle nostre tradizioni, non badavano ai nostri vecchi usi, non credevano né alle sirene, né alle figlie della spuma, né ai mostri marini, a nulla insomma.

- Mi ero imbarcato in qualità di gabbiere su di una vecchia corvetta, di cui ora non ricordo il nome, poiché sono passati da quell'epoca lunghi anni. Era una gran nave però, buona veliera, un po' vecchia, sì, ma colle costole ancora robuste, destinata ai lunghi viaggi dell'Oceano Atlantico e dell'Indiano, e perciò costretta a passare sovente la linea equatoriale.

- Il capitano aveva sempre, fino allora, conservato l'usanza di rendere il dovuto omaggio al re del mare, quando dall'emisfero settentrionale passava nell'emisfero australe, e mai aveva avuto a pentirsene. Anzi soleva dire che, appunto per quello, la sua corvetta godeva una buona protezione; ed infatti mai una tempesta fatale l'aveva sorpresa, e quelle ordinarie le aveva facilmente vinte.

- Ma gli uomini purtroppo cambiano, e anche il nostro capitano, seguendo l'andazzo dei tempi, a poco a poco si era mutato, diventando uno spregiudicato.

- Avvenne or dunque che la nostra corvetta si trovò un giorno nei pressi della linea equatoriale. Voi già sapete che questa linea è puramente geografica, e perciò invisibile: è un semplice parallelo, egualmente distante dai due poli.

- L'equipaggio, fedele alle tradizioni marinaresche, cominciò a fare i preparativi onde procedere al battesimo, e rendere quindi il dovuto omaggio a Nettuno, il quale si dice abiti in prossimità della linea.

- Oh, allora erano bei tempi! Voi siete giovani, e non potete avere che una pallida idea di quella cerimonia che faceva battere il cuore del marinaio, perché sapeva di compiere un dovere che lo metteva al coperto dal furore degli oceani.

- Quando echeggiava sul ponte di comando: «Ecco la linea!» una viva emozione s'impadroniva di tutti: ufficiali, marinai e mozzi, eccoli tutti in movimento per prepararsi alla festa.

- La gran gala, formata dalle bandiere di tutti gli Stati del mondo e dalle bandiere dei segnali, saliva maestosamente in aria, distendendosi fra l'albero di mezzana e la punta del bompresso, e il vessillo nazionale s'innalzava maestosamente sul picco della randa, salutato da un colpo di cannone.

- Si frugavano e rifrugavano le casse di tutti, si spogliavano le cabine dell'ufficialità e dei passeggeri per ornare l'opera morta, e dappertutto si stendevano tappeti, arazzi e scialli variopinti, tramutando la nave in un'immensa sala, sfolgorante pei lucenti metalli dell'attrezzatura e per le tinte vivaci di tutto quel pandemonio di bandiere svolazzanti e di stoffe spiegate al vento.

- Il mastro d'equipaggio e una dozzina dei più robusti marinai scomparivano, mentre gli altri preparavano le pompe e i mastelli pel battesimo, tanto più gradito al re del mare quanto più era abbondante

- Nel momento preciso che il vascello passava la linea, ecco giungere sotto l'anca di tribordo o di babordo un'imbarcazione adorna di arazzi e di bandiere, montata da una dozzina di tritoni e da un vecchio che raffigurava Nettuno. Una voce grossa grossa si alzava dal mare, chiedendo:

«È battezzato il vascello?»

- «No!» - rispondeva l'equipaggio.

- «Ammainate la scala, dunque!» - comandava la voce grossa.

- La scala d'onore veniva tosto calata: i marinai si schieravano a prua coi mastelli pieni d'acqua, dinanzi e attorno alle pompe; gli ufficiali e i passeggeri a poppa.

- Il re del mare saliva gravemente sul ponte. Era un vecchio dalla lunga barba, adorno di conchiglie, recante in capo una corona di metallo e nella sinistra un tridente. Lo seguivano dodici marinai camuffati da tritoni, carichi di conchiglie e di alghe marine.

- Il re, che era rappresentato dal mastro, si avanzava verso il capitano, seguito da tutto il suo stato maggiore, e dopo di aver ricevuto un lungo inchino da parte dell'intera ufficialità, chiedeva al comandante: «Hai pagato il tuo tributo al re del mare?»

- «No», - rispondeva il capitano.

- «Allora ti battezzo».

- Così dicendo, prendeva una tinozza piena d'acqua e la rovesciava sul capo di lui inondandolo completamente.

- Quello era il segnale del battesimo generale. Le pompe, energicamente manovrate, inondavano passeggeri e ufficiali, e le tinozze si vuotavano sul capo di tutti. Torrenti d'acqua correvano da prua a poppa, recando il dovuto tributo al re del mare, e la battaglia si prolungava fino al completo esaurimento delle forze di ambe le parti.

- La nave, così battezzata, poteva allora sfidare impunemente i furori degli oceani, poiché Nettuno la proteggeva; ma guai a non farlo! Il tributo d'acqua si cambiava in una ecatombe umana, e papà Catrame, che è ancora qui, vivo per miracolo, lo sa!

Il vecchio marinaio per la terza volta s'interruppe, girando sull'attento equipaggio un lungo sguardo, come per accertarsi che tutti lo ascoltavano religiosamente; ricaricò la pipa, l'accese, indi continuò: - Come vi dissi, la nostra corvetta era giunta nei pressi della linea: fra qualche ora doveva lasciare l'emisfero settentrionale per entrare in quello meridionale.

- Il nostro mastro, rigido osservatore delle tradizioni marinaresche, si recò sul ponte di comando seguito da tutto l'equipaggio, e disse al capitano: «La linea è vicina, signore; Nettuno esige il suo tributo».

- «Vada al diavolo Nettuno e tutti i suoi tritoni» rispose lo scettico.

- Il mastro impallidì.

- «Volete chiamare la sfortuna a bordo, signore», - disse.

- «Me ne rido della collera di Nettuno, io».

- «Ma l'equipaggio...»

- «Basta così», - rispose ruvidamente il capitano. - «Sono padrone io a bordo: andatevene!»

- Salì sul ponte di comando, ordinò di sciogliere tutte le vele, perfino gli scopamari e i coltellacci, e, per colmo di spavalderia insensata, fece ammainare la bandiera, onde togliere al re del mare ogni idea che lo si volesse salutare.

- La corvetta, spinta da un buon vento, s'inoltrò verso la linea; ma, cosa strana davvero, camminava più lenta del solito, e pareva che ad ogni istante fosse lì lì per arrestarsi. I marinai sussurravano che erano i tritoni del re del mare che si aggrappavano alla carena per non lasciarla passare; ma il capitano crollava il capo e faceva aggiungere sempre nuove vele a quelle già sciolte.

- A mezzogiorno preciso la corvetta passava la linea. Quasi nel medesimo istante un fremito agitò la tranquilla distesa dell'oceano, e dalla profondità degli abissi uscì un cupo rimbombo. Poco dopo un'onda immensa sorse agli estremi confini dell'orizzonte, si distese e venne a rompersi con cupi muggiti sulla prua della nave.

- Ci guardammo l'un l'altro, stupiti e spaventati, e, parola di papà Catrame, vi era di che spaventarsi. Interrogammo ansiosamente gli ufficiali: ci dissero che, per un caso strano, un fenomeno, non so se maremoto o cos'altro, era avvenuto nel momento preciso in cui passavamo la linea. Ci credete voi? Io no, e scommetterei che non ci credevano neanche gli ufficiali, perché erano pallidi come tutti noi.

- Anche il capitano era diventato serio serio, e la sua fronte si era aggrottata; ma egli era testardo come un guascone, e non voleva credere a Nettuno, né alla potenza di questo re.

- Ed ecco ad un tratto sorgere all'orizzonte una nube, nera come il bitume. Voi non lo crederete forse; ma io, con questi occhi ho veduto che quella nube aveva tre punte acute, rassomiglianti a un gigantesco tridente. Eravamo tutti muti per lo spavento: ufficiali, marinai e mozzi erano diventati pallidissimi allo scorgere quella sinistra nube, nel cui seno guizzavano lampi sanguigni.

- Pareva che Nettuno avesse rizzato dinanzi a noi il suo immane tridente per impedirci il passo; e così doveva essere, poiché poco dopo il vento girava bruscamente al sud, soffiando di fronte a noi. Cresceva la sua violenza di minuto in minuto, poi era caldo come se uscisse dalle voragini dell'inferno, e sollevava con forza irresistibile l'oceano, alzando la gran nube, che si estendeva minacciosamente sopra il nostro capo, e conservando sempre la sua bizzarra forma.

- Dagli abissi del mare uscivano muggiti e boati profondi, il vento urlava su tutti i toni attraverso il sartiame dell'alberatura, nell'aria rombava incessantemente il tuono e lampeggiava. Talvolta tra le raffiche furiose, ci pareva di udire una voce possente che ci gridasse: «Non passa la linea chi non mi saluta!...»

- Invano il nostro capitano, che non voleva arrendersi al re del mare, comandava manovre, girava di bordo per prendere vento largo, e tentava di avanzare bordeggiando: la nave veniva respinta dalle onde e dal vento. Tre volte ripassammo la linea, e tre volte fummo ricacciati nell'emisfero settentrionale.

- Scoppiavano le vele, cedevano le manovre correnti, si piegavano come stuzzicadenti gli alberi e i pennoni, si sfondavano le murate, cresceva la paura in tutti; ma il testardo non voleva capitolare, e tornava sempre più irato alla carica, deciso di mandarci tutti a bere nella grande tazza salata, piuttosto che retrocedere.

- Parve che la fortuna sorridesse all'audace, poiché a mezzanotte, dopo dodici ore di lotta disperata, la corvetta ripassava la linea, entrando nell'emisfero australe. Ma Nettuno aveva decretato la fine del testardo comandante.

- Un'ora dopo, una montagna d'acqua rovesciava la corvetta sul tribordo. Cosa sia poi accaduto, non ho mai potuto saperlo con precisione. Mi ricordo confusamente d'aver veduto non so quante onde precipitarsi con orribile frastuono sul povero legno, di aver udito urla, invocazioni disperate, gemiti, scricchiolii, uno spezzarsi di legni, poi più nulla.

- Quando rinvenni, mi trovai nel fondo di una scialuppa, solo sul burrascoso oceano. Come ero là? Non lo seppi mai.

- La tempesta mi portò lontano lontano dal luogo del naufragio. Rimasi in mare dieci giorni, mangiando una delle mie scarpe e aprendomi due volte una vena per dissetarmi.

- Quando una nave mi raccolse, ero ridotto in uno stato da far compassione: giallo come un melone, asciutto come un'aringa, tutto pelle ed ossa. Dei miei compagni non ebbi più notizia; si sono salvati, o riposano in fondo agli abissi marini? Io lo ignoro ancora; ma se qualcuno fosse sopravvissuto a quell'orribile catastrofe, l'avrei incontrato in qualche angolo del mondo e invece nessuno mai mi apparve. Sono tutti morti: il cuore me lo dice.

Papà Catrame col dorso della mano spazzò via due lagrime che gli solcavano le incartapecorite gote, si mise la pipa in tasca e scosse malinconicamente il capo, brontolando: - Non si creda più ora al re del mare!...

- A quale re? - chiese il capitano. - A quello creato dalla vostra balzana fantasia? Non è così, mastro Catrame? Un tempo si poteva credere all'esistenza di Nettuno forse, come si è creduto all'esistenza delle sirene e a cento altre corbellerie; ma oggi no, vecchio mio. Simili storie si lasciano ai marinai vecchi e barbogi...

- Ma la corvetta...

- Una tempesta qualunque l'ha affondata, Catrame.

- Ma quell'onda immensa...

- Un maremoto, mastro mio.

- Ma quella nube...

- Una nube pur che sia. Forse che non ne hai mai vedute di quelle che hanno tre, cinque, dieci, venti punte?... Va' a dormire, papà Catrame, e lascia là Nettuno che non è mai esistito e il battesimo della linea che non è un omaggio reso al re degli abissi, ma una carnevalata inventata da allegri marinai. Va', va' e bevi il resto della mia bottiglia.

La campana dell'inglese

Anche durante la terza giornata papà Catrame non comparve in coperta. Voleva essere solo per frugare nei vecchi ricordi, onde prepararci una delle sue funebri leggende, o l'età gli pesava troppo sul groppone? Chi può dirlo?

Quando però alla sera lasciò la cala e salì sul ponte, mi parve che fosse di cattivo umore. Non salutò nessuno, non guardò né il mare, né l'alberatura, e non chiese se fosse accaduto alcunché di straordinario. Andò a sedersi sul suo barile, si prese il capo fra le mani e parve assopito.

Dovevamo aspettarci qualche paurosa storia, poiché il narratore non era d'un umore da farci ridere. Cosa mai ruminava nel suo vecchio cervello imbevuto di pregiudizi?

Niente d'allegro di certo, tanto più ch'egli era un vecchio triste come le leggende che ci raccontava, e fantastico come le popolazioni che vivono sotto i nebbiosi orizzonti dei mari del nord.

- Papà Catrame, - disse il capitano, - cosa ti frulla pel capo questa sera, che hai un viso da funerale?

- Sono triste, - rispose il vecchio, scuotendosi.

- Forse che il mio Cipro ti mette indosso la malinconia? Se è cosi, andrò a torcere il collo a quel birbone di musulmano che me lo ha venduto.

- Il vostro Cipro è eccellente.

- Forse che sei ammalato?

Papà Catrame scosse il capo, come per dire di no; poi alzò lentamente gli occhi e, fissandoli su di noi, disse, con voce che faceva un certo senso: - Credete voi alla campana dei morti?

Ci guardammo in viso l'un l'altro con stupore, misto a una certa paura. Di quale campana intendeva parlare il vecchio mastro?

Non rispondendo nessuno, chiese: - Avete mai udito suonare la campana sotto il mare, durante le tempeste, prima o dopo una disgrazia?

- Papà Catrame, - disse il capitano, - vaneggi, o sogni?...

- No, - rispose il vecchio con energia, - non sogno e non vaneggio; e qualcuno di voi deve averla udita qualche volta.

- Le antiche storie narrano, - diss'egli, dopo alcuni istanti di silenzio, - che durante le tempeste, le vittime del mare salgono alla superficie e suonano la campana, per chiedere ai naviganti una prece. Voi sorridete ora, perché non credete alle vecchie narrazioni marinaresche; ma aspettate un po'! Più tardi, voi tutti che mi ascoltate, crederete alla campana dei morti, perché papa Catrame l'ha udita suonare in mezzo all'ampio oceano.

- Che storia funebre dev'esser quella che ci racconterai! - disse il capitano. - Se continui di questo passo, spaventerai tanto questi miei lupicini, che al primo approdo scapperanno tutti, per non ritornare più mai sul mare.

Papà Catrame alzò le spalle, accese il suo pezzo di sigaro per umettarsi la lingua, poi cominciò la sua terza novella, fra l'attenzione generale.

- Avevo stretta amicizia con un marinaio inglese, imbarcato sullo stesso legno che io montavo. Non saprei proprio dirvi che tipo fosse: era stravagante, eccentrico come tutti i suoi compatrioti, superstizioso come una femminuccia e di umore sempre tetro.

- Parlava poco, beveva invece molto, e quando traballava, non faceva che parlare dei morti, poiché aveva sempre una lugubre idea nel cervello, quella di morire molto presto.

- Ogni volta che la nave lasciava un porto, egli veniva a bordo colle tasche completamente vuote, convinto che quello doveva essere l'ultimo viaggio. Del resto, era un eccellente camerata, con un cuore grande assai, e pagava sovente da bere ai compagni più poveri, faceva piaceri a tutti, e, soprattutto, era un bravo marinaio, rispettoso verso gli ufficiali, audace nelle tempeste e buon cristiano; poiché quantunque inglese di nascita, era irlandese di origine, e voi sapete che gl'irlandesi sono cattolici come noi.

- Mastro Catrame si grattò la testa, come per fare scaturire dal cervello qualche cosa, poi disse: - Si chiamava... Aspettate un po'... la memoria si è fatta debole, e non ha mai ritenuto i nomi... Sì,... è così,... quell'originale si chiamava Morthon, un nome non allegro, come ben vedete; e forse per questo parlava sempre di morti.

- Avevamo lasciato i porti dell'America del Sud, diretti alle isole Mascarene, non ricordo più se a quella di Borbone, o a quella dell'Unione. Morthon, fedele alle sue abitudini, aveva dissipato nelle taverne del Brasile e della Repubblica Argentina tutti i suoi risparmi, ed era tornato a bordo un'ora prima della partenza, colle tasche penzolanti.

- Avevo notato però che si era imbarcato di assai cattivo umore, e che il suo viso, butterato dal vaiolo, aveva un'aria da funerale, come dovevo averla io poco fa, quando lo disse il capitano. Presentiva forse la sua imminente fine? Io lo credo, poiché quel povero marinaio non doveva più rivedere né le nebbiose spiagge della sua Inghilterra, né le verdeggianti sponde della Erinni (Irlanda).

- Un giorno, o meglio, una sera, che eravamo di quarto sul ponte, egli mi si avvicinò col viso disfatto, gli occhi strabuzzati, e mi chiese: «L'odi tu?...»

- «Che cosa?» - domandai io sorpreso.

- «Non odi proprio nulla?»

- «Nulla, fuorché il vento che geme fra il sartiame e le vele«.

- «È strano!» - disse.

- «Compare Morthon, hai sonno stasera: va' nella tua cuccia», gli dissi.

- Egli mi guardò con due occhi pieni di terrore, e si allontanò più tetro che mai.

- La sera seguente eccolo avvicinarsi ancora a me, col viso ancora stravolto e bagnato di un freddo sudore, e farmi le stesse domande. Io cominciavo a credere che il cervello di quel povero inglese si fosse guastato, e non vi feci più caso.

- Cinque sere dopo, trovandoci noi quasi in mezzo all'Atlantico australe, Morthon, che di giorno in giorno diventava più cupo e più taciturno, mi afferrò bruscamente per un braccio serrandomelo come una morsa, e trascinatomi violentemente verso poppa, mi chiese con voce affannosa:

- «Ma non l'odi tu?»

- «Tu sei pazzo, Morthon», - gli risposi. - «Quale strana idea tormenta il tuo cervello?»

- Egli mi guardò fisso, quasi non credesse alle mie parole, poi emise un profondo sospiro, come se gli si fosse levato di dosso un gran peso che gli opprimeva il cuore, e si terse il sudore che gl'inondava il pallido viso.

- «Non m'inganni tu?» - chiese dopo pochi istanti. - «Non odi proprio nulla? Ascolta bene, Catrame, ascolta attentamente».

- Mi curvai sul bordo, tesi per bene gli orecchi e ascoltai a lungo, ma nessun suono strano giunse fino a me all'infuori del rompersi delle onde. Guardai Morthon; egli mi fissava con due occhi da far paura, con un'ansietà estrema, come se dalla mia risposta dipendesse la sua vita.

- «Non odo nulla che possa spaventarti tanto», - gli dissi. - «Parla: cosa odi tu?»

- «Ho udito suonare poco fa una campana, e sono cinque sere che quei funebri rintocchi giungono ai miei orecchi», - mi rispose con voce rotta.

- Lo guardai con spavento. Un'antica leggenda marinaresca dice che, quando un marinaio ode la campana, è segno che sta per morire, poiché è la campana dei camerati che riposano nel fondo degli abissi oceanici che lo chiama. Se Morthon la udiva, evidentemente stava per morire, poiché i compagni lo aspettavano nell'umida tomba, nel regno dei coralli.

- Non volli spaventarlo, e gli dissi che era una pazzia il credere alle antiche leggende, che la sua era un'idea fissa nel cervello, e che non s'inquietasse. Non mi rispose: s'allontanò pensieroso, tetro, borbottando fra sé non so quali parole.

- Non lo rividi più per parecchi giorni. Seppi poi che si era ammalato, e che di quando in quando veniva colto da accessi furiosi. Due settimane dopo ricomparve in coperta, e appena mi vide, mi disse: «Catrame, so che sono condannato, perché la campana la odo sempre. Se morrò, ricordati di me; e quando mi getteranno in mare, recita una prece pel tuo vecchio camerata. Ma bada, Catrame! Se tu ti dimenticassi, verrei anch'io a suonarti la campana...»

- La sera stessa una violenta bufera si scatenava sull'Atlantico, nella notte Morthon cadeva dalla cima del contropappafico, sfracellandosi il cranio sui gradini del ponte di comando!... La campana de naufraghi l'aveva chiamato!...

Papà Catrame si fermò: pareva in preda ad una viva emozione, ed era diventato più pallido del solito. Afferrò la bottiglia di Cipro, ne tracannò una buona metà, come se volesse soffocare quei dolorosi ricordi, poi, con voce lenta, monotona, riprese: - All'indomani, mentre continuava a imperversare la tempesta, il cadavere del disgraziato mio camerata veniva gettato in mare, senza che si potesse recitare l'uffizio dei morti, poiché le onde non ci davano tregua e la nave correva serio pericolo. In mezzo a quella confusione non mi ricordai le ultime parole del morto, e la prece andò in fumo.

- Non pensavo quasi più a Morthon, quando la terza notte dopo la sua morte, mentre il mare era tranquillo e a bordo regnava un profondo silenzio, udii squillare in fondo agli abissi una campana.

- Credetti di essermi ingannato, e mi curvai sul bordo per meglio ascoltare. Sotto le acque io udii distintamente suonare una campana; rabbrividii, e credetti per un momento d'impazzire per lo spavento. Morthon manteneva la sua promessa!

- M'inginocchiai sulla prua della nave, e mormorai una prece per l'anima del povero inglese. Subito quel funebre suono cessò, né da quella sera più mai lo udii.

Noi rimanemmo tutti silenziosi, guardando con spavento papà Catrame, e, tendendo gli orecchi, ci pareva di udire echeggiare sotto le onde dell'Oceano Indiano la campana dell'inglese. Uno scroscio di risa ci strappò dal nostro raccoglimento.

Era il capitano che così rideva.

- Che lugubre storia! - diss'egli. - Dimmi, papà Catrame: avevi bevuto molto quella sera?

Il vecchio lanciò su di lui uno sguardo irato, poi rispose: - Nemmeno un sorso d'acqua.

- Allora sei stato ingannato, vecchio mio.

- Forse che i vostri famosi scienziati hanno trovato la spiegazione di quel funebre suono? - chiese il mastro con pungente ironia.

- Gli scienziati non c'entrano; ma la spiegazione te la darà un uomo di mare.

- Ah! - esclamarono i marinai con tono incredulo.

- Dimmi, Catrame, - riprese il capitano, - quando udisti la campana, dove si trovava la tua nave?

- Presso l'isola di Los Picos.

- Allora ti dirò che il suono veniva di là.

- Ecco una cosa che non crederò mai, signore.

- E perché?

- Perché non ci sono né chiese, né conventi colà.

- Lo so.

- E nemmeno uomini.

- Lo so.

- E dunque? Che l'abbiano suonata le rocce?

- No: le onde, - rispose il capitano con voce solenne.

- Voi mi fate impazzire! - esclamò il mastro; - non vi comprendo più.

- Catrame, - riprese il capitano dopo alcuni istanti di silenzio, - quando presso ad un'isola deserta contornata da banchi o da scogliere pericolose non vi è un faro che avverta le navi, sai che cosa si mette?

- Non lo so, - rispose il mastro brusco brusco.

- Si mette una botte galleggiante o un gavitello qualunque sospendendo a una gabbia di ferro

19

una campana.

- Concludo: il tuo inglese era un pazzo, un maniaco che si era fisso in capo di morire, e il suono funebre che tu hai udito, veniva dalla campana collocata per ordine dell'Ammiragliato inglese presso i banchi di Los Picos, onde avvertire le navi del pericolo. Non erano né i morti né gli uomini che la suonavano, ma semplicemente le onde che scuotevano il galleggiante gavitello. Hai capito, vecchio superstizioso?

In quell'istante nel ventre del nostro legno udimmo echeggiare un campana. Ci alzammo tutti di scatto, pallidi, atterriti; papà Catrame, cadde dal barile, emettendo un grido.

Il capitano proruppe in una seconda e più clamorosa risata.

- Ecco cosa fa la paura! - disse. - Credete che sia la campana de morti, e invece è la nostra che chiama alla guardia gli uomini di quarto!... Buona sera, papà Catrame, e bada che l'inglese non venga, qui sta notte, a tirarti le gambe!

La croce di Salomone

Alla quarta novella di mastro Catrame, nessun uomo dell'equipaggio si fece vivo. Tutti avevano paura delle funebri leggende di quel vecchio, tremavano ad ogni rumore che si udiva nel fondo della stiva, paventando la comparsa dei fantasmi del Caronte; impallidivano se una nave qualunque passasse all'orizzonte, nel pensiero che fosse quella dell'olandese maledetto, e trasalivano ogni volta che le onde muggivano più forte contro i fianchi del vascello, credendo di udire la campana dell'inglese o di veder comparire il re del mare.

Ne avevano fin troppo di quelle leggende, e se papà Catrame continuava su quel tono, molto probabilmente nessuno sarebbe più rimasto a bordo, appena la nave avesse toccato i porti dell'India.

Quella sera papà Catrame rimase un bel pezzo solo, seduto sul barile; ma egli non parve inquietarsi di ciò. Trasse di tasca un largo foglio di carta, prese un pezzo di carbone, scrisse alcune righe con un carattere zoppo e gobbo, ed appiccicò quella specie di cartello sull'albero di maestra.

Ciò fatto, tornò al suo barile, si accomodò meglio che poté e, accesa la vecchia sua pipa, si mise a fumare come un turco.

Tutti avevamo notato la singolare manovra del vecchio e, spinti da una irresistibile curiosità, ci avvicinammo all'albero per vedere cosa stava scritto sul foglio.

Ci volle non poca fatica a decifrare quegli sgorbi, poiché mastro Catrame scriveva come un marinaio, facendo certe aste grosse e certe code che non si sapeva dove andavano a terminare. Alla fine però riuscimmo a leggere fra la più alta meraviglia la seguente bizzarra dicitura: «Come una croce di Salomone facesse diventare mastro Catrame re di un'isola!»

- Cosa significa quella roba li? - chiese un gabbiere.

- Perbacco! - esclamò il capitano. - È il titolo della novella di stasera.

- Come! Papà Catrame è stato re?... - esclamarono tutti.

- Lo dice lui.

- Che storia è mai questa?

- E c'entra una croce di Salomone!

- Papà Catrame è impazzito!

- L'inglese gli ha tirato le gambe e la paura gli ha sconvolto il cervello.

- Silenzio! - esclamò il capitano con tono imperioso. - Non si giudicano le persone prima dei fatti... Marche! Andiamo a udire la novella del vecchio lupo!...

Quando papà Catrame ci vide tutti intorno seduti dinanzi al suo barile, ci guardò con un sorriso di compiacenza e si stropicciò allegramente le mani. Senza dubbio era contento della sua trovata originale per farci accorrere.

- Tu, papà Catrame, ci prometti stasera una storia meravigliosa - disse il capitano, - e pare che questa volta non c'entrino né vascelli fantasmi, né morti che suonano le campane. Se ci farai stare allegri ti prometto non una, ma sei bottiglie di vino di Spagna, di quello che fa andare in sollùchero gli uomini della tua età.

- Sarò allegro, - rispose il mastro con un sorriso sardonico.

- Niente leggende dunque, stasera?

- La leggenda entra sempre nelle mie narrazioni.

Il capitano fece una smorfia di malcontento; ma papà Catrame lo rassicurò con un gesto.

- Se fosse una storia sinistra, non sarei qui a raccontarla, - disse. - Toccò a me; ma sebbene abbia corso un brutto pericolo e per poco non sia stato messo allo spiedo come un capretto, non è punto paurosa.

- Apri per bene il becco e canta, vecchio mio.

- Le trombe! - esclamò mastro Catrame. - Ecco un fenomeno che fa raddrizzare i capelli ai più vecchi e ai più audaci marinai, che fa impallidire i capitani e gli ufficiali e quasi morire di paura i passeggeri che si avventurano sull'oceano.

- Chi di noi non ha tremato di spavento all'avvicinarsi di quelle colonne d'acqua turbinose, che sconvolgono il mare, che abbattono quanto incontrano sul loro passo, che travolgono le navi più gigantesche, sollevandole come semplici pagliuzze, per poi cacciarle rotte capovolte in fondo agli abissi? Chi non...

- Olà! papà Catrame, - disse il capitano interrompendolo. - Cosa c'entrano le trombe colla croce di Salomone, il tuo regno e il tuo spiedo?

- Un po' di pazienza, signore.

- Lascia le trombe marine e tira avanti, dunque. Tutti le conosciamo, perbacco!

- Voi forse avrete udito parlare del tremendo naufragio dell'Albert nell'Oceano Pacifico, parecchi anni or sono, al 14° di latitudine sud e al 204° di longitudine est.

- Lo udii narrare quando ero ragazzo, - rispose il capitano. - So che fu sollevato da una tromba marina e poi cacciato a fondo.

- Sapete per quale motivo si perdette?

- No! - esclamarono tutti.

- Per una croce di Salomone che il mastro di bordo non ebbe il tempo di fare.

- Oh! - esclamarono i marinai con tono incredulo, mentre il capitano rideva a crepapelle.

- Ascoltate e poi giudicate, - aggiunse mastro Catrame imperturbabilmente. - Come vi sarete già immaginato, io facevo parte dell'equipaggio dell'Albert, un grande veliero che batteva bandiera inglese e che era destinato al trasporto degli emigranti dal Celeste Impero nella California.

- Avevamo già attraversato quattro volte il grande oceano e, quantunque poche volte lo avessimo trovato degno di chiamarsi Pacifico, pure nulla di grave ci era mai toccato. Durante il quinto viaggio, nei pressi dell'arcipelago dei Navigatori, che si chiama anche di Samoa, ecco un furioso uragano assalire la nostra nave.

- Si lotta disperatamente per non venire trascinati verso una delle tante isole che ingombrano quel grande mare, sapendo che erano popolate da certi brutti musi color cioccolatta e regolizia, i quali hanno la brutta abitudine di cacciare nella pentola o di mettere allo spiedo quei disgraziati che il loro buon padre - l'oceano - spinge sulle loro spiagge. Tutti i nostri sforzi riescono vani. La nave traballa come un marinaio che ha bevuto tre bottiglie di rhum, si rovescia ora sul babordo ed ora sul tribordo, imbarcando vere montagne d'acqua; i suoi alberi oscillano come fossero per andare in pezzi; la prora, percossa sempre più furiosamente, comincia a fendersi, e l'oceano fa la sua comparsa nella stiva.

- Si poteva ancora sperare; ma no, ché il diavolo volle metterci anche lui la coda. Erano le quattro pomeridiane, non un minuto di più né di meno, quando vedemmo staccarsi dalla massa delle nubi una specie di cono. A poco a poco si allunga, si raccorcia, poi torna ad allungarsi, come se venisse attirato da una forza misteriosa.

- Sotto a quella specie di tromba il mare si alzava a spaventosa altezza, poi ricadeva, formando una specie di vortice, indi tornava ad alzarsi come se avesse una voglia matta di stringere la mano a quel pezzo di nube.

- Quel brutto gioco durava da dieci minuti, quando finalmente mare e nube si unirono. Ecco la tromba formata, ma quale tromba! Era una colonna grossa quanto un'isola; la nube aspirava il mare con furia estrema, il vento la portava con un moto rotatorio vertiginoso e la spingeva addosso a noi che non eravamo più in grado di evitarla, poiché il timone si era spezzato e tutte le nostre vele erano ridotte a pochi brandelli...

Papà Catrame si fermò per riprendere lena e per vuotare un altro bicchiere di Cipro; poi, guardandoci fissi, ci chiese bruscamente:

- Credete voi all'efficacia della croce di Salomone?

- Sì, - risposero alcuni.

- No, - dissero altri.

Il capitano invece si strinse nelle spalle e sorrise beffardamente.

- Allora dirò, a quelli che non credono, che non hanno mai provato a fare una croce di Salomone dinanzi a una tromba marina, poiché, se l'avessero fatta, avrebbero veduto la terribile colonna d'acqua rompersi all'istante, - disse mastro Catrame con un tono cattedratico. - Credete voi che i nostri vecchi non abbiano spezzato delle trombe, per insegnare a noi questo mezzo infallibile? Ora si dice che vi sia un altro mezzo. Ma che! È la croce che ci vuole, e ve lo dice papà Catrame!

- L'ho veduta fare non una, ma dieci, venti, cinquanta volte, e la tromba si è rotta sempre prima di giungere addosso alla nave, oppure ha girato al largo. Bastava che il più vecchio marinaio di bordo si recasse a poppa, tracciasse la magica croce o sul coronamento o sulla ribolla[8] del timone e la colonna roteante si sfasciava.

- Ma basta; ripigliamo la narrazione, o non la finirò prima di domani mattina. Aspettate un po'!... ah sì! per mille boccaporti!... È proprio così: la tromba si avvicinava con rapidità vertiginosa e noi ci trovavamo nell'assoluta impossibilità di evitarla. Bisognava adunque tracciare subito la croce, o per noi era proprio finita.

- Il nostro mastro o bosmano, come lo chiamano i marinai d'oltre Manica, un vecchio di non so quanti anni, per la prima volta in vita sua perde la flemma e la rigidità della sua razza, e corre,

_____

8 Barra del timone o asta.

anzi vola verso poppa per tracciare sul coronamento la magica croce. Ma anche in questo disgraziato viaggio, ecco messer Belzebù che ci mette la sua coda, e il povero bosmano scivola rompendosi la testa.

- La tromba, non più frenata dalla potenza misteriosa della croce, ci piomba addosso, ci investe, ci alza in aria. Se dovessi dirvi cosa ho veduto e provato in quel momento, vi giuro che non saprei farlo nemmeno oggi.

- Ho udito un frangersi di legnami, un laceramento di vele, poi fischi strani, muggiti orribili, e ho veduto turbinare la nave fra il mare e le nubi, in mezzo a una immensa colonna d'acqua. Mi sono sentito sollevare a prodigiosa altezza, poi mi sono trovato, non so ancora come, sotto le onde. Quando tornai a galla non vidi più né la tromba, né la nave, né i miei compagni; però tutto all'intorno galleggiavano, urtandosi furiosamente, pezzi di fasciame, pezzi d'alberi, antenne, casse, botti e non so quanti altri oggetti.

- La catastrofe era completa; l'Albert era stato inghiottito dalla tromba marina, dopo di essere stato disarticolato dalla violenza dell'acqua.

- Ero io l'unico superstite di quel tremendo naufragio, o qualche altro si trovava presso di me? Pel momento non riuscii a saperlo, poiché nessuna voce umana rispose alle mie disperate grida. Più tardi però, un anno o due dopo, appresi con gioia che parecchi miei compagni si erano miracolosamente salvati e fra loro anche quel disgraziato bosmano, unica causa della perdita dell'Albert. Ah! se quel malaugurato inglese non avesse avuto tanta fretta, forse sarei ancora a bordo di quel magnifico veliero e chissà con quale paga!...

Papà Catrame mandò un sospirone lungo quanto la gomena di un'ancora, che mise in allegria tutto l'uditorio, prese animo mandando giù una mezza bottiglia che il camerotto[9] gli porgeva, si pulì le labbra col dorso della mano e continuò la narrazione.

- Vi confesso che avevo indosso una grande paura nel trovarmi solo sull'immenso oceano, in balìa delle onde che mi cacciavano in corpo non so quanti bicchieri d'acqua, facendomi sternutare come chi fiuta tabacco per la prima volta. E avevo maggior paura sapendo di trovarmi in paraggi abitati da non pochi di quei divoratori di marinai che si chiamano pescecani. Non volevo però morire prima di lottare e disputare la mia pelle alle onde, dibattendomi come il diavolo nell'acqua santa.

- Dopo di aver errato una buona mezz'ora, ora spinto innanzi, ora indietro, ed ora sballottato con molto poca gentilezza, raggiunsi finalmente un rottame dell'Albert. Era un pezzo della nostra cucina, la coperta se non m'inganno, e mi faceva molto comodo, tanto anzi che mi vi sdraiai sopra e, non lo crederete, mi addormentai d'un sonno così profondo che vi assicuro non mi avrebbe svegliato nemmeno la gran campana di Pechino.

- Figuratevi quale fu il mio stupore quando, riaperti gli occhi, mi trovai non più sul tetto della mia cucina, non più sull'oceano, ma mollemente disteso sopra la fresca erba, all'ombra di superbi alberi che avevano foglie lunghe un paio di metri, non so più se fossero cocchi artocarpi o areche; ma ciò poco conta.

- Mi levai a sedere credendomi lo zimbello d'un sogno, e solo allora mi accorsi che ero circondato da trenta o quaranta brutti musi, color del pepe e della cioccolatta, nudi come Adamo, cioè no, poiché portavano un anello infilato nel naso, e sul capo due o tre penne d'uccelli del paradiso.

- Vedendomi ancor vivo, quei furfanti sbarrarono certe bocche da mettere i brividi. Pareva

---

9 Mozzo addetto al servizio di poppa.

che loro si aprisse mezza la testa d'un sol colpo, e mostravano certe file di denti da fare invidia a un coccodrillo. Ridevano come pazzi battendosi il ventre con ambe le mani, e si stropicciavano l'un l'altro il naso con tale energia da allungarlo mezzo palmo.

- Credetti di venire colto dalla febbre terzana, e ne avevo ben il motivo, non ignorando che quegli allegri messeri hanno la brutta abitudine di mangiare i naufraghi, e mi pareva di sentirmi precipitare in un pentolone a bollire colla salsa verde o di sentirmi passare attraverso il corpo un immane spiedo.

- Vi giuro che in quel momento mandai di cuore alla malora quel furfante di bosmano, causa unica di tutte le mie disgrazie, poiché se quella benedetta croce...

- Sappiamo il resto, papà Catrame, - interruppe il capitano. - Lascia lì la croce di Salomone e tira innanzi, che sono curioso di sapere come finì il tuo regno.

- Ripiglio il filo, - disse il mastro. - La mia paura durò pochi minuti, poiché colla più grande sorpresa vidi quei selvaggi, che a prima vista avevo scambiato per antropofaghi voracissimi, usarmi mille sorta di cortesie. Gli uni mi strofinavano le membra, gli altri mi rinfrescavano con certi ventagli di foglie o mi offrivano frutta o venivano a strofinare il loro naso contro il mio in segno di amicizia, usando gl'isolani del Pacifico salutarsi in questo bizzarro modo.

- Quando mi videro tranquillo e sazio, con cenni mi invitarono a seguirli e mi condussero in un grande villaggio, dalla cui popolazione venni accolto con grandi dimostrazioni di gioia. Colà mi posero in capo una corona di piume, mi passarono nel naso un anello di rame e mi condussero finalmente in una comoda capanna, facendomi capire che d'ora innanzi io ero il loro re!

- «Corbezzoli!» - esclamai. - «Mai marinaio fu così fortunato!»

- Più tardi però dovevo accorgermi che specie di fortuna era quella toccatami! Mi sento ancora venire i brividi, tutte le volte che ci penso.

- Ma non divaghiamo. Eccomi adunque re di quell'isola in causa di quella disgraziata croce. I miei sudditi si facevano in quattro per portarmi i prodotti più succulenti della terra e del mare. Nella mia capanna piovevano tutte le mattine pesci d'ogni specie, maialetti arrostiti con certe radici appetitose, frutta squisite e vasi ripieni d'una specie di birra assai piccante. Figuratevi se papà Catrame, che è sempre stato un gran divoratore, come lo sono in generale tutti i marinai, non approfittava di tanto ben di Dio! Mangiavo come un lupo tre colazioni al mattino, due pranzi nel pomeriggio e tre o anche quattro cene durante la notte. In capo ad un mese ero diventato tanto grasso che dovetti far allargare la porta della mia regale dimora e rifare quattro volte il mantello di tela di gelso regalatomi dal mio popolo.

- Non esito a credere che sarei diventato grosso come un elefante o per lo meno quanto un rinoceronte, se avessi continuato quella vita beata; ma così non doveva avvenire.

- Un bel mattino, anzi un brutto mattino, ricevo la visita di sei grandi dignitari, sei capi valorosi, ma anche maestri di gastronomia, a quanto seppi poi. Credetti che venissero a trovarmi per affari riguardanti il mio regno, anzi mi ero messo in capo l'idea che venissero a trattare il mio matrimonio con qualche bellezza color regolizia, onde la mia dinastia non si spegnesse con me; ma indovinate quale fu la mia meraviglia quando li vidi avvicinarsi con certe facce sospette, che tradivano un'ardente bramosia, ed esaminarmi con profonda attenzione, palpandomi le braccia e le cosce. Li udii discorrere tra di loro in una lingua che non conoscevo, poi mi fecero un profondo inchino e se ne andarono.

- Rimasi perplesso, non sapendo a cosa attribuire quella accurata visita. Credetti che i miei

25

sudditi avessero paura che io non mangiassi abbastanza e che deperissi, sicché quel giorno feci sei colazioni, quattro pranzi e cinque cene. Ahimè! dovevano essere le ultime!

- Alla sera, mentre stavo digerendo tranquillamente la mia quinta cena, ecco tornare i sei visitatori accompagnati dal cuoco di corte e sottopormi ad un'altra minuziosa visita. Quand'ebbero terminato se ne andarono con un nuovo e più rispettoso inchino: mentre però uscivano, udii queste misteriose parole:

«È fissato per domani! Siamo intesi!»

- Cominciai a pensare seriamente. Cosa c'entrava il cuoco di corte? Quell'uomo non era un alto dignitario e avevo ben diritto di offendermi di quella mancanza di etichetta. E poi, a che intendevano di alludere con quel «a domani»? Diventai inquieto e andai a cercare il mio primo ministro.

- Lo trovai in cucina occupato a far pulire un pentolone così grande da contenere due uomini!...

- Potete immaginare se rimasi stupito. Come mai il mio primo ministro si occupava del vasellame di cucina?

- «Kara-Olo!» - esclamai con severo cipiglio. - «È così che voi curate gli affari dello Stato? Poffare! un ministro che fa lavorare i guatteri!... Vergognatevi, pezzo d'asino!...»

- «Maestà», diss'egli umilmente. - «Procuro che tutto sia pronto pel grande banchetto di domani».

- «Un banchetto?» - esclamai. - «Forse che il mio popolo intende di offrirmi un pranzo nazionale?»

- Questa volta fu Kara-Olo che mi guardò con sorpresa.

- «Ma siete voi che date il pranzo alla popolazione!» - esclamò.

- «Io!...»

- «Ma sì, maestà», - rispose candidamente il mio primo ministro. - «Siete abbastanza grasso, e stavo misurando questa pentola per assicurarmi se era capace di contenervi!...»

- Compresi tutto fin troppo! Si stava per mangiare il re, Catrame I! Era per questo che mi avevano portato tante e tante ghiottonerie! Rimasi un bel pezzo senza respirare e senza muovermi. Io scommetto che in quel momento dovevo essere bianco come un gabbiano e che, se mi avessero aperta una vena, non sarebbe uscita una sola goccia di sangue.

- Mi trascinai nel mio appartamento, bagnato da capo a piedi d'un gelido sudore. Non so quante ore rimasi accasciato sul mio trono. Quando tornai in me, la notte stava per andarsene, ma un silenzio assoluto regnava ancora nel mio villaggio. Avevo preso una risoluzione disperata.

- Presi un pennello tinto di nero e vergai, con mano abbastanza sicura, queste parole sulla parete della mia regale dimora:

RINUNCIO AL TRONO: MANGIATE IN MIA VECE IL MIO PRIMO MINISTRO. - CATRAME I

- Diedi un pugno alla mia corona, aprii il mio coltello da marinaio, che avevo gelosamente conservato, infilai la porta, attraversai il bosco e, giunto sulla riva del mare, balzai in una canoa, abbandonando senza rimpianto il mio regno e i miei sudditi.

- Otto giorni dopo venivo raccolto da un bastimento danese. La paura di venire raggiunto e messo a cuocere nella salsa verde e la fame m'avevano ridotto in così breve tempo a pelle ed ossa.

- Se i miei ex sudditi mi avessero veduto, non so di quanto si sarebbero allungati i loro nasi.

E così, - disse il capitano, - tu, papà Catrame, per una croce di Salomone non fatta sei diventato re. Bella fortuna, perbacco!...

- Tanto bella, signore, - rispose papà Catrame con gravità, - che vi avrei regalato la mia corona col massimo piacere.

- Sarei almeno diventato grasso.

- Per ingrassare poi i vostri sudditi. Buona notte: torno nella mia cala!...

- Un momento, Catrame.

- Desiderate, capitano?

- Darti un consiglio. Quando vedrai una tromba marina, lascia andare la croce di Salomone, che è stata inventata per gli sciocchi o per i superstiziosi, e fa' sparare un colpo di cannone; senza palla, se così ti piace. Basterà la detonazione per romperla: te lo assicuro io. Buona notte, Catrame, primo ed ultimo!

I fantasmi dei mari del Nord

La quinta sera l'ex re dei selvaggi non comparve in coperta. Era risalito all'ora del pranzo, aveva divorato la sua razione con un appetito da vecchio pescecane, poi, vedendo che il mare era sempre tranquillo e il vento costante, si era rintanato, portando con sé una grossa provvista di biscotti e gli avanzi del pasto.

L'equipaggio, che ci prendeva gusto a quelle narrazioni più o meno fantastiche, si era radunato per tempo attorno al barile, disputandosi i primi posti; ma papà Catrame non si fece vivo. Era ammalato, oppure aveva alzato un po' troppo il gomito? Non lo si poté sapere, poiché il vecchio orso mai ce lo disse, e il camerotto, che mandammo nella cala per vedere e saperci riferire qualche cosa, tornò in coperta con la faccia pesta da una ciabatta tiratagli contro.

Aspettammo fino alle nove, poi fino alle dieci, ma invano. Alcuni, malgrado il superstizioso terrore che ispirava quello strano vecchio e la brutta accoglienza toccata al camerotto, ardirono scendere in fondo alla stiva; ma non ci seppero dire altro che l'orso marino russava come un tasso, anzi come un contrabbasso scordato.

Il capitano, che voleva molto bene al suo mastro e che chiudeva uno e anche tutti e due gli occhi sulle originalità di lui, ordinò che per quella sera lo si lasciasse tranquillo.

- Avrà la lingua stanca, - diss'egli ridendo. - Perbacco! Ha parlato più in queste sere, che in tutta la sua vita.

Tutti obbedirono, ma un vivo malumore regnò a bordo e gli uomini di guardia si annoiarono mortalmente, specialmente quelli del primo quarto, che si erano abituati a passarlo dinanzi al barile del vecchio marinaio.

L'indomani papà Catrame riapparve in coperta all'ora del pasto; ma anche questa volta si portò via gli avanzi e andò a celarsi in fondo alla cala. Giunta la sera, non diede segno di vita.

- Ah! briccone! - esclamò il capitano. - Che il furbo creda di aver terminata la sua pena? Olà! Due uomini scendano nella cala e dicano al mastro che, se non viene a sciogliere la lingua, lo passo ai ferri per gli altri otto giorni. Andate!

Dieci minuti dopo papà Catrame era nuovamente seduto sul suo barile, circondato da tutto l'equipaggio, ansioso di udire la quinta novella.

Il mastro era di umore cattivo e certo aveva obbedito pel solo timore che il capitano facesse eseguire alla lettera la minaccia di passarlo ferri. Non dovevamo aspettarci quindi una allegra storiella; lo leggevamo negli occhi del narratore.

- È pronta la tua lingua? - chiese il capitano, assumendo un'aria arcigna.

Papà Catrame fece un gesto affermativo.

- Parla adunque!

Il mastro curvò la testa sul petto per concentrarsi, mentre attorno lui si faceva un religioso silenzio; frugò e rifrugò nel suo cervello alcuni minuti, poi socchiudendo gli occhi grigi ci chiese:

Avete mai fatto voi un viaggio nelle regioni polari?

Nessuno rispose, eccettuato il capitano che borbottò un sì.

- Comprendo, - riprese papà Catrame con ironia. - A nessuno di voi garba sfidare i freddi intensi del polo artico o antartico. Bei marinai, perbacco! Le costipazioni vi hanno fatto paura!... Là... là!... i marinai moderni tremano dinanzi ad un orso bianco e non osano affrontare i fantasmi polari!... I fantasmi del polo!... Ecco il titolo della mia quinta novella, e se non vi garba, buona notte a tutti e vado nella cala.

- Adagio, papà Catrame, - disse il capitano - Questa sera non andrai a dormire nella tua tana prima di averci narrata la quinta novella, a meno che tu non preferisca di dormire colle manette. Orsù, fantasmi o folletti, orsi o lupi, tira innanzi, ché tutti ti ascoltiamo. Ehi, camerotto, versa un buon bicchiere al nostro narratore e recagli una dozzina quei grossi sigari di Manilla, affinché cessi il broncio e ci mostri un viso un po' più da cristiano. Diamine! Hai una cera da turco questa sera, mio caro orso marino.

Il vecchio mastro, che era di umore assai nero, si rabbonì un po'; vuotò con visibile soddisfazione l'eccellente Cipro del capitano, e diede fuoco a uno di quei deliziosi sigari, inghiottendo ed eruttando vere nubi di fumo.

- Il polo artico! - riprese egli. - Chi non si sente correre un brivido nell'avvicinarsi a quell'oceano misterioso, coperto di immensi campi di ghiaccio, scintillanti ai sanguigni riflessi dell'aurora boreale e coperti da quei pesanti e diacciati nebbioni, che pare si aprano a stento dinanzi all'affilato sperone delle navi? - È là, in quelle solitudini desolate, dove non cresce una pianta sulle gelide isole, che si stende una notte non interrotta di sei mesi; è di là che si staccano quegli immensi campi di ghiaccio che le correnti portano fino sulle coste della Norvegia e su quelle della Scozia e dell'Irlanda; là dove gelano il vino, il petrolio, l'acquavite, il cognac e perfino il mercurio, e non soltanto i nasi, ma le mani e i piedi ai disgraziati marinai che si avventurano fra quelle alte latitudini o spinti dall'avidità del guadagno o dall'amore per la scienza o dalla potente curiosità di sollevare il velo che si stende attorno a quel punto misterioso che si chiama polo; è là infine dove si vedono talvolta delle ombre giganti errare fra i nebbioni e le nevi, che appariscono animali immensi dalle forme strane e fantasmi enormi che passano a fianco delle navi e dinanzi agli occhi degli atterriti equipaggi; che si odono fra i fischi del vento boreale urla, muggiti orribili, scrosci spaventevoli che nessuno saprà mai da quali creature sono emessi, ma che le leggende dei popoli nordici attribuiscono ai maghi che circondano il punto misterioso, quel che costò la vita a tanti marinai di tutte le nazioni del mondo e che ora dormono il sonno eterno sotto i campi di ghiaccio, nel seno di quell'oceano spaventevole.

- Cospettaccio! - esclamò un giovane gabbiere. - Mi fate venire la pelle d'oca, papà Catrame! Che racconto lugubre!...

Il vecchio orso fece intendere un grugnito minaccioso e agitò nervosamente le braccia. Se il gabbiere fosse stato più vicino, avrebbe sentito quanto erano pesanti le sue mani.

- Asino! - brontolò il vecchio. - Se m'interrompi ancora, t'insegnerò io a rispettare il tuo mastro. O che! sono diventato io il tuo buffone forse?... Ventre di balena! Se...

- Ohè, papà Catrame, basta! - disse il capitano. - Questa sera pizzichi troppo. Ripiglia il filo; e voi... silenzio, o vi faccio fare un bagno.

L'imprudente gabbiere si ritirò lestamente dietro all'albero cogli occhi bassi; ma l'irascibile mastro brontolò due buoni minuti prima di riprendere la sua disgraziata narrazione.

- Dovete sapere adunque, che avevo preso imbarco su di un brigantino, il quale aveva per scopo di esplorare non so quali isole dell'Oceano Artico, onde rintracciare gli avanzi di due navi colà perdutesi assieme agli uomini che le montavano e ad un ammiraglio che le guidava verso il polo.

- Forse l'ammiraglio Franklin? - chiese il capitano, che era diventato assai attento.

- Mi pare che si chiamasse appunto così, - rispose papà Catrame.

- Allora voi andavate in cerca dell'Erebo e del Terror o degli avanzi di queste navi.

- Sì, sì, le chiamavano appunto così, - disse il mastro, dopo alcuni istanti di riflessione. - Ma ciò non importa, tanto più che non abbiamo trovato né l'una, né l'altra, e che siamo tornati a casa mezzo morti dal freddo, tutti ammalati di scorbuto, cioè non tutti, poiché due o tre sono stati portati via dai fantasmi del polo.

Il capitano proruppe in un'allegra risata.

- Ridete! - esclamò papà Catrame colla più alta meraviglia. - Forse che voi non avete mai udito parlare di quei fantasmi giganteschi? Tutti i marinai che si sono avventurati fra quelle gelide e desolate regioni li hanno veduti, e anche i marinai che non hanno mai messo piede al di là del circolo artico lo sanno, poiché i popoli nordici ne parlano da secoli e secoli.

- Lo so, - rispose il capitano ridendo sempre, - anzi dirò che anch'io ho veduto dei mostri immensi, dei fantasmi spaventevoli e molte cose ancora.

- E non credete?

- Continua ora la tua narrazione; udiamo cosa dicono i marinai di quelle apparizioni paurose.

Mastro Catrame crollò il capo con una mossa che fece ridere tutti, facendo nel medesimo tempo un gesto di commiserazione per l'incredulità del suo capitano, poi riprese lentamente:

- Lasciato il porto di Liverpool, ci dirigemmo verso il nord, e il vento fu così favorevole che ventidue giorni dopo ci trovavamo in un mare assai vasto, che i geografi hanno voluto chiamare baia di Baffin. Guardate un po' se un mare si deve chiamare baia!... Eppure è così, non sarò certamente io che rimetterò le cose a posto.

- Ma lasciamo questa questione e tiriamo innanzi a gonfie vele. Non so dirvi con precisione dove la nostra nave si trovasse, quando una sera calò sul mare un nebbione così fitto che gli uomini di poppa non riuscivano a distinguere un oggetto qualunque posto un palmo al là del loro naso, e quelli di prua a discernere la scotta[10] della trinchettina, che pure, come voi tutti sapete, viene a legarsi sulla murata prodiera.

- Fino allora l'equipaggio aveva affrontato i freddi e i ghiacci con molto coraggio, nulla di straordinario essendo accaduto durante quel primo mese di navigazione; ma quella sera una inquietudine generale regnò a bordo, essendosi sparsa la voce che noi andavamo in cerca di due equipaggi morti in mezzo a quei deserti di neve. I vecchi marinai, sia perché erano spaventati o perché volevano provare il coraggio dei giovani, diedero la stura alle lugubri leggende polari, narrazioni paurose che facevano venire altro che la pelle d'oca, come disse poco fa il gabbiere. Nani e giganti venivano a galla a centinaia, insieme coi mostri orrendi che abitano gli abissi boreali, genî del mare cattivi e buoni, dalle lunghe barbe e coperti di pelli dal lungo vello; poi i marinai morti in quelle regioni, che vagavano fra i nebbioni, e chi più ne sa, più ne metta.

- Comunque sia, al calar di quel nebbione, un certo terrore si manifestò fra l'equipaggio

---

10 Fune che serve per manovrare le vele.

poiché le antiche leggende nordiche dicono che è allora appunto che appariscono i maghi, i naufraghi e i mostri. Io però, che ero un po' incredulo, mi tenevo tranquillo e altro non cercavo che di riscaldarmi con dei buoni bicchieri di brandy e di gin, liquori che abbondavano a bordo del veliero americano. La nebbia intanto continuava a calare sempre più densa, sempre più pesante, come se volesse schiacciarci, e in mezzo a quell'oscura atmosfera si udiva il vento fischiare e ululare sopra le nostre teste, fra gli alberi, i pennoni e i cordami; sul gelido mare echeggiavano di tratto in tratto dei sordi fragori, e delle larghe ondate venivano a rompersi con lunghi muggiti contro i fianchi della nostra nave.

- Io credo che fossero ghiacci che si capovolgevano; ma i marinai, il cui spavento cresceva di minuto in minuto, sussurravano che erano i morti delle due navi naufragate o i maghi del polo o i re marini.

- Vi confesso che nel vedere quel nebbione diventare sempre più fosco, nell'udire continuamente quei fragori e quegli ululati, cominciavo anch'io a provare qualche cosa di più dell'inquietudine e che certi momenti sentivo il cuore diventarmi piccolo piccolo.

Poco dopo la mezzanotte, ecco apparire improvvisamente, attraverso quel freddo e pesantissimo nebbione, come una luce sanguigna che balenava or qua e or là, diventando talora intensa e talvolta diminuendo bruscamente, come se fosse lì per spegnersi. Cosa era? Io non ve lo saprei dire, quantunque il nostro capitano ci assicurasse che doveva essere un'aurora boreale che appariva al di là del nebbione. Io però stento anche ora a crederlo, poiché, qualunque cosa dicano i signori scienziati, non ho mai veduto un'aurora di quella specie, la quale si muoveva come se avesse indosso la tarantola.

- Ah! papà Catrame! - esclamò il capitano.

- Aspettate, signore, - rispose il mastro serio serio. - Quantunque quella luce color del sangue facesse su tutti noi un certo effetto, non ci spaventammo troppo, essendo sempre assai lontana, o almeno pareva che lo fosse. Ma il brutto venne dopo.

Mi ero recato a poppa per accendere la mia pipa, quando udii un grande chiasso alzarsi a prua, cioè chiasso precisamente no, perché erano grida di terrore.

- «Capitano! capitano!» - gridavano gli uni.

- «Si salvi chi può!» - vociavano gli altri.

- «I leoni!... gli elefanti!... i mostri del mare!...»

- Corsi verso prua e vidi uno spettacolo che mai non scorderò, dovessi vivere per tutta l'eternità.

- Su di una costa dirupata, che la luce misteriosa tingeva pure di rosso, vidi avanzarsi verso il mare un mostro enorme, alto almeno dieci metri, con una coda immensa, la cui estremità spazzava la neve, e una bocca così vasta da mangiare due uomini in un sol boccone. Dietro a quello ne vidi parecchi altri, tutti enormemente grandi, galoppare con balzi giganteschi verso di noi e schierarsi sulla spiaggia. Li contai: erano tredici, notate bene, tredici!

- Eravamo tutti istupiditi dallo spavento, pallidi come cadaveri, coi capelli irti e gli occhi sbarrati e senza voce. Che specie di mostri erano quelli? Erano forse i giganteschi animali che si ritrovano in quasi tutte le leggende dei popoli nordici, oppure d'altra specie e più voraci? Io so che al polo o nelle terre che lo circondano vivono orsi bianchi, lupi, volpi, buoi muschiati; ma ignoravo che vi fossero altri animali, e di quella grandezza poi!...

Il mastro guardò il capitano per vedere quale viso facesse, e noi pure lo guardammo: egli rideva tranquillamente!

- Non mi credete? - chiese il vecchio mastro, lasciando andare un poderoso pugno sull'orlo del barile. - Non ero ubriaco io!...

- Ti credo, papà Catrame, e sono anzi certo che tu hai veduto coi tuoi propri occhi quei mostri: ma continua e lascia che io rida a mio comodo.

- Ventre di foca!...

- Non irritarti, orsaccio; tira innanzi.

- Quegli animalacci si fermarono alcuni minuti sulla sponda, guardandoci e agitando le loro smisurate code, come se si sentissero spinti dal desiderio di gettarsi contro la nave e divorarci tutti, cosa poco difficile davvero per quelle bocche immani; poi, non so se avessero preso paura di qualche nuovo animale più potente o d'altro, fecero un dietro fronte e scomparvero con fantastica rapidità in mezzo alla sanguigna atmosfera.

- Non saprei dire quanto tempo rimanemmo senza essere capaci di pronunciare una sola parola, tanto era lo spavento che ci aveva invasi. Supplicammo il capitano di allontanarsi da quella costa, temendo un improvviso ritorno di quei mostri, assicurandolo che dovevano averceli mandati i maghi che vegliano attorno al polo; ma egli si strinse nelle spalle e minacciò di metterci ai ferri se parlavamo ancora di simili corbellerie!... Corbellerie, le chiamava lui!... Ventre di foca!... Se quegli animali avessero posto piede sul ponte, chi sa che pasto avrebbero fatto di noi tutti. Già, si sa, gl'increduli ci sono sempre stati, e quelli lì non prestano fede alle leggende del mare.

- Ma i maghi del polo non dovevano tardare a dare una smentita a quel signor capitano, dimostrando a fatti la loro esistenza e l'immane loro possa.

- Infatti una mezz'ora più tardi, in mezzo a quella luce che balzava ad ogni istante dal Nord-Ovest al Nord-Est, con delle vibrazioni strane, come se dietro di essa soffiasse un vento impetuoso, ecco apparire improvvisamente due barche immense, lunghe almeno cinquanta metri, montate da due giganti alti più di trenta braccia, i quali tenevano in pugno due smisurati remi a doppia pala. Avevano le membra coperte da lunghi peli, un cappuccio villoso avvolgeva la loro testa e sul dinanzi di quelle barche colossali si ergeva una specie di rampone da balenieri; ma che rampone!... Scommetterei che misurava almeno quaranta metri e che la sola punta pesava un mezzo quintale.

- Si avvicinarono alla nostra nave, che era immobile in mezzo al fitto nebbione, poi si arrestarono a cinque o seicento metri. Si scambiarono dei cenni, additandosi il nostro legno, indi tracciarono nell'aria dei segni misteriosi, e ci gridarono per tre volte, con una voce che pareva il ringhio d'un animale irritato: Tombok! tombok! tombok!...

- Io non so che cosa significassero quelle parole, e nessuno mai lo seppe; ma certo era un ordine perentorio di tornare indietro, se non volevamo seguire sotto i ghiacci eterni dell'oceano polare i disgraziati equipaggi delle due navi comandate dall'ammiraglio inglese.

- Vedendo che la nave non si muoveva e che, allibiti dallo spavento come eravamo, non pronunciavamo parola, alzarono simultaneamente i loro immensi ramponi e diressero le acute punte contro di noi. Guai se li avessero lanciati! Io sono persuaso che avrebbero passato da parte a parte i fianchi corazzati del veliero colla massima facilità.

- Fu quello un terribile momento per tutti noi; eravamo come inchiodati sul ponte e, per quanti sforzi facessimo per fuggire, una mano misteriosa ci tratteneva là, ai nostri posti; volevamo gridare, ma le nostre lingue pareva che fossero ingommate al palato e non emettevano che dei suoni inarticolati.

- Il capitano, che era il solo che non provasse quella strana emozione e quella specie di paralisi che aveva colpito le nostre membra e la nostra lingua, vedendo le minacciose mosse dei due giganti, trasse una pistola e fece fuoco.

- Allora accadde un fenomeno curioso e insieme spaventevole. Il colpo di pistola parve ai nostri orecchi che fosse forte come lo scoppio d'un cannone; i due giganti girarono le barche e scomparvero non so dove, poiché più non si videro; la luce sanguigna si spense di colpo e la nebbia ci avvolse più strettamente come se volesse schiacciare la nave o gravitare tanto su di essa da affondarla. Poi in mezzo a quella gelida tenebrìa udimmo scricchiolii acuti, tonfi, cozzi violenti e fragori sinistri che parevano prodotti da montagne di ghiaccio spaccantisi e capovolgentisi, e il vascello fu sollevato e scosso furiosamente da muggenti ondate, le cui creste spumeggianti rimbalzavano sopra le murate con mille urli.

- Ricorderò sempre quella notte passata fra i ghiacci del polo, in quella regione dei fantasmi e dei mostri; notte fatale, poiché parecchi dei nostri marinai perdettero la vita pochi giorni appresso. Infatti dopo quell'avvertimento il nostro veliero fu preso dai ghiacci, stritolato dalle pressioni che senza dubbio venivano dalle magiche arti di quei due giganti e dei loro tredici animali. Andò a picco durante una notte tempestosa, fra la nebbia e la neve che calavano furiosamente su quelle terre desolate e su quei gelidi mari, e parecchi miei camerati lo seguirono in fondo agli abissi.

- Io sono qui a raccontare quel viaggio disastroso, poiché ebbi la fortuna di venire raccolto l'anno seguente da un baleniere danese sulle sponde del canale di Lancaster; ma quei disgraziati dormono a fianco degli equipaggi dell'infelice ammiraglio, coperti dagli eterni ghiacci dell'oceano polare, dimenticati da tutti. Il mare muggirà sulle loro teste, l'aurora boreale illuminerà la loro umida tomba; ma nessuna creatura vivente mai forse si spingerà fino a quelle alte latitudini, per recare un fiore o spargere una lagrima sulle vittime dei fantasmi polari.

Papà Catrame alzò il capo e, guardando fisso fisso il capitano, disse:

- Ridete ora, voi che a nulla credete!

- Sui disgraziati che il mare travolse nei suoi abissi no, ma sui tuoi mostri e sui tuoi giganti lascia, papà Catrame, che rida.

- Non credete voi dunque alla leggende nordiche?

- No.

- E avete veduto anche voi dei mostri e dei giganti nelle regioni polari?

- Sì, papà Catrame. Dimmi: sai cos'è il miraggio?

- Sì, mi avete detto che fa vedere navi capovolte, città rovesciate, isole che non esistono e...

- Sai come si chiama il miraggio polare?

- Miraggio al polo!... Eh! via, voi scherzate!

- Si chiama rifrazione, e questo fenomeno è più frequente nei climi freddi che in quelli caldi, e ti fa apparire una volpe cinquanta volte più grande, un battello lungo come una corazzata, un uomo alto come lo spettro di Brokken nella Foresta Nera, eccetera. La luce sanguigna era l'aurora boreale, i tredici mostri erano lupi o volpi, i due giganti due poveri esquimesi montati sui loro kayak, ed essi, a loro volta, ingannati dalla rifrazione avevano preso il vostro vascello per una balena immensa o per qualche cosa di simile. Ah! papà Catrame! A quante cose credevano i nostri vecchi marinai!...

Il mastro non rispose. Fece un gesto di commiserazione, scosse più volte il capo, borbottò fra sé non so che cosa e se ne andò senza augurarci la buona notte. Se la paura di passare dritto ai ferri non l'avesse trattenuto, sono certo che avrebbe dato del pazzo all'incredulo capitano.

I fuochi misteriosi

Il giorno seguente l'oceano fu agitatissimo, essendosi levato un vento assai caldo, che veniva dai deserti della costa araba, la quale non distava che poche decine di leghe.

Due volte, durante la giornata, fummo costretti a prendere terzaruoli[11] sulle vele basse, onde diminuire la superficie della tela, e ad imbrogliare i pappafichi e i contropappafichi[12].

Verso il tramonto però, il vento diminuì sensibilmente, ed anche il mare si calmò un poco, sicché papà Catrame, che senza dubbio aveva molto calcolato su quel cambiamento di tempo, sperando di evitare la sesta novella, di buona o cattiva voglia fu costretto a prendere posto sul barile. Ma quel vecchio orso prima di sciogliere la lingua brontolò assai, perdette un buon quarto d'ora nel caricare la pipa e si soffiò il naso almeno dodici volte e con un tal fracasso da assordarci.

Quando però si fu sfogato a modo suo, mettendo a dura prova la pazienza dell'uditorio, si decise ad aprire la bocca.

- Narrano le leggende... - incominciò.

- Basta di leggende! - esclamò il capitano. - Auff! non la finirai più adunque con quelle vecchie storie?

- Non vi garbano?

- Ne ho le tasche piene, papà Catrame.

Il mastro si mise a sogghignare, ma in certo modo da far rabbrividire tutto l'equipaggio.

- Ah! - esclamò egli, lisciandosi il mento e tirandosi la bianca barba. - Non vogliono udire le antiche leggende? Benissimo... Allora cambieremo rotta e correremo prima un paio di bordate.

Ci guardò poi uno per uno, come volesse prima assicurarsi che c'eravamo tutti, indi ci chiese:

Avete mai veduto voi, durante certe notti, brillare dei fuochi sul mare?...

- Abbiamo veduto il fuoco di sant'Elmo scintillare sulla cima degli alberi, - rispondemmo.

Papà Catrame si strinse nelle spalle, mentre un sorriso beffardo gli spuntava sulle sottili labbra.

- Sant'Elmo e i suoi fuochi non hanno a che fare colla mia domanda. Vi ho chiesto se avete veduto dei fuochi apparire in mezzo alle onde.

- Mi pare di averne veduto uno su di una spiaggia deserta, - disse un timoniere.

- Tu sei un asino; chiudi la bocca e non aprirla se non ti do il permesso. Si dice...

Si fermò per vedere quale faccia avesse il capitano, ma, vedendolo tutto attento, continuò:

---

11 Ridurre la superficie delle vele mediante nodi speciali.
12 Così si chiamano le vele più alte dell'alberatura.

- Si dice adunque, e non solo da poco tempo, ma da molti secoli, che su certi mari di quando in quando appariscono, e specialmente di notte, dei fuochi che pare salgano dalla profondità degli oceani e che mandano una luce intensa. Cosa siano, io non ve lo saprei dire; ma si diedero molte spiegazioni più o meno stravaganti, più o meno vere, più o meno paurose. Alcuni dicono che si formano per una combinazione di gas, sviluppatisi da qualche grosso cetaceo galleggiante a fior d'acqua; altri che sono accesi da feroci predatori entro gusci, per attirare le navi contro qualche vicina scogliera e quindi impadronirsi degli avanzi; altri ancora affermano che provengono da vulcani sottomarini; ma i più ritengono che siano segnali misteriosi che fanno i naufraghi del mare per attirare le navi in qualche grave pericolo ed avere nuovi compagni in fondo agli abissi marini, o per salvarle. Credete ora a quella versione che meglio vi piace; a me poco cale, giacché so che non credereste a ciò che io voglio dire in proposito.

- Per Giove! - esclamò il capitano. - Ci vuol poco a indovinare che tu credi alle fiamme dei naufraghi!

- Sì, di quelli morti malamente, - proruppe il mastro con profonda convinzione. - Ma lasciamo là; io credo, mentre voi non credete affatto; ebbene, non se ne parli più e tiriamo innanzi, o, prima che finisca la mia pena, non mi rimarrà un pezzo di lingua.

- La storia che sto per raccontarvi si è svolta appunto nei mari della grande penisola indiana.

- Montavo in quel tempo un vascello olandese, poiché io ebbi sempre la mania di cambiare sovente nave, onde percorrere l'orbe terracqueo in tutti i sensi e apprendere le manovre che sono in uso presso i marinai delle altre nazioni.

- Portava un nome così barbaro che non me lo ricordo più, per quanto abbia messo a prova il mio cervellaccio; ma questa dimenticanza non influisce, né diminuisce l'interesse della mia novella. Vi dirò però che quella nave non godeva la fiducia di nessuno, e che era destinata a finir male.

- Infatti, quando venne varata, tre marinai erano rimasti uccisi, e voi sapete che una nave battezzata col sangue, anziché collo champagne, non porta fortuna; più tardi un piroscafo americano le aveva dato una tale speronata sotto l'anca di babordo, da mandarla a picco in tredici minuti, proprio dinanzi al porto di Rotterdam, e voi non ignorate che una nave rimessa a galla non è mai sicura, poiché si dice che abbia una forte tendenza a ritornare in fondo al mare.

- Saranno ubbie di vecchi marinai superstiziosi, ma io vi dico che quella nave camminava molto male; che quando la si caricava affondava più di tutte le altre; che quando veniva colta da una tempesta, tendeva sempre a precipitare negli avvallamenti delle onde, come se avesse una voglia matta di tornar a riposare in fondo all'oceano, senza occuparsi di quei poveri diavoli che la montavano. E poi, se aveste udito come gemeva! pareva che si lagnasse ad ogni colpo di mare; scricchiolava tutta, i suoi puntelli si piegavano come stuzzicadenti, le sue costole cedevano e si udiva la chiglia torcersi con profondi brontolii. Vi assicuro che la spina dorsale di quella compatriota del vascello fantasma non era gran fatto solida, e tutti noi che la montavamo provammo più volte delle forti paure.

- Aggiungete che a bordo correva una strana diceria, che faceva impallidire tutti gli uomini dell'equipaggio ogni volta che tornava al loro pensiero. Si diceva che un vecchio marinaio che passava per un indovino di prima forza e che aveva assistito all'immersione della nostra nave dopo la speronata dell'americano, aveva fatto un brutto pronostico, cioè aveva detto che sarebbe tornata ad affondare il giorno in cui avesse incontrato uno di quei fuochi misteriosi che sorgono dal fondo dell'oceano.

- Io sarò superstizioso, ma ho sempre creduto che certe navi abbiano una tendenza spiccata a scendere negli strati oscuri del mare e non galleggino che a grande stento. La mia doveva essere una di quelle, tanto più che era stata disgraziata fino dal principio della sua discesa nelle onde.

- Ride qualcuno di voi?... Increduli!... Vi auguro di montare una nave eguale a quella olandese, e vorrei essere presente il giorno in cui vi toccasse la disgrazia che colpì papà Catrame e i suoi compagni. Ora aprite gli orecchi e non fiatate più!

- Malgrado il funebre augurio del vecchio indovino e i grandi difetti della nave, avevamo fatto parecchi viaggi senza che ci toccasse alcun che di grave. Però tutte le notti gli uomini di guardia aguzzavano gli sguardi, temendo sempre di scorgere la fatal fiamma, e ogni volta che scorgevano un punto luminoso, la luce di un faro o il fanale di posizione di qualche nave, trasalivano e correvano a svegliare i compagni, temendo che il nostro legno cominciasse a inabissarsi. Tanta era anzi la certezza di sentirselo mancare sotto i piedi, che alcuni asserivano d'averlo veduto abbassarsi di parecchi pollici nel momento che la suoneria di bordo batteva i dodici tocchi, per poi risalire lentamente al primiero livello, appena i primi albori rischiaravano l'orizzonte.

- Era un vascello stregato? - chiesero alcuni marinai, che si sentivano accapponire la pelle a quel racconto pauroso.

- Che ne so io! - rispose papà Catrame. - Vi dirò che anch'io credetti una volta di sentire la nave abbassarsi lentamente e che, quando rimontò, la vidi tracciare attorno a se stessa un largo cerchio di spuma, precisamente come fanno le balene e i grandi mammiferi marini, allorché salgono alla superficie del mare per respirare...

Papà Catrame s'interruppe per lasciare che la curiosità impressionasse meglio l'uditorio, si bagnò il gorgozzule con un sorso di Cipro, si lisciò per la centesima volta il mento e la barba, - aveva tale manìa quella sera, - poi con un certo accento che fece correre più d'un brivido, riprese il filo della narrazione.

- Avevamo lasciato il Madagascar con un carico d'avorio nero diretti a Calcutta... Ah! voi sbarrate gli occhi e mi guardate come tanti punti ammirativi?... Non sapete dunque cosa sia l'avorio nero? Ecco gli scienziati moderni!... Quell'avorio era composto di schiavi africani destinati alle piantagioni di indaco, essendo allora la tratta permessa, senza che gl'incrociatori delle nazioni europee si immischiassero, come fanno oggi in quel genere speciale di merci viventi. Erano certi pezzi d'uomini alti come i nostri granatieri, con certi muscoli e certi pugni che, se vi davano uno scapaccione, vi mandavano da poppa a prua a baciare il bompresso[13].

- Quella disgraziata nave aveva preso il largo di mala voglia. Non so cosa avesse, ma camminava più lentamente d'una lumaca; quando eravamo costretti a bordeggiare, si inchinava tanto da far temere che da un istante all'altro si rovesciasse o, come diciamo noi, s'ingavonasse; e quando le onde la scuotevano, s'abbassava pesantemente negli avvallamenti e non voleva saperne di rimontare. Si sarebbe detto che aveva un'anima e che quell'anima aveva giurato di andar a riposare in fondo a quel mare da cui gli uomini l'avevano tratta. Se vi narrassi degli scricchiolii che emetteva e dei fragori che si udivano in fondo alla stiva ad ogni colpo di mare, vi farei rizzare i capelli.

- In certi momenti pareva che qualche mostro battesse sotto la chiglia, come per avvertirla che era tempo di tornare sotto le onde. Ed infatti, specialmente di notte, si udivano dei fragori inesplicabili, che sembravano prodotti da un immane martello. Eppure navigavamo in pieno oceano e la carena né toccava, né urtava contro alcuna scogliera, né sopra alcun banco.

- Eravamo giunti a circa cento leghe dalla foce del Gange, un fiume immenso che solca l'India e sulle cui sponde sorge Calcutta. Bene o male, la nave si era spinta fino a quel punto, ma non pareva disposta a tirare molto innanzi, poiché camminava sempre più lentamente e gli scricchiolii erano diventati così insistenti e così acuti, che c'impedivano perfino di dormire.

---

13 Albero situato a prora, teso quasi orizzontalmente e che serve di sostegno ai focchi.

- Il capitano, temendo che da un istante all'altro il legno si disarticolasse in causa della cattiva sua costruzione, procedette ad una visita, ma non riscontrò alcuna avaria; solo s'accorse che sotto l'anca di tribordo, e cioè nel punto dove lo sperone del piroscafo americano l'aveva colpita, penetravano poche gocce d'acqua. I puntelli parevano solidi, i corbetti sempre uniti al fasciame, i bagli a posto, le ruote di prua e di poppa salde e il paramezzale appariva dritto, ciò che indicava come la chiglia non avesse ceduto d'un solo centimetro, malgrado i numerosi viaggi che aveva fatto e le non poche tempeste superate.

- Calò la notte, buia come la culatta di un cannone o il fondo d'un barile di catrame, senza luna e senza stelle. Il mare era diventato color dell'inchiostro: però in mezzo alle larghe ondate si scorgevano di tratto in tratto dei fugaci bagliori. Era un principio di quel fenomeno che chiamano fosforescenza marina e che è comune nei mari dei climi caldi, oppure li produceva qualche causa misteriosa? Non ve lo saprei dire.

- Anche il vento quella sera aveva nei suoi fischi un non so che di strano, che faceva su tutti noi una certa impressione.

- Le undici erano suonate da pochi minuti nella cabina del capitano, ed io avevo montato il mio quarto di guardia da poco più di un'ora, quando il timoniere, che stava appoggiato alla ribolla del timone, giacché in quel tempo la ruota ancora non era in uso, mi disse:

- «Catrame, ascolta attentamente».

- Rabbrividii, paventando qualche cosa di sinistro, e tesi gli orecchi.

- Udii distintamente tre forti colpi che venivano dalla carena del legno e che rintronavano nella stiva. Pareva proprio che qualcuno avesse vibrato tre potenti martellate contro la chiglia, e, fossero i miei occhi o la paura o la realtà, vidi la nave trabalzare tre volte e ricadere pesantemente, sollevando una grande onda circolare.

- «Che la nave abbia toccato?» - chiesi sottovoce.

- «È impossibile», - mi rispose il timoniere. - «Siamo ancora lontani dalle coste indiane e, che io sappia, il golfo del Bengala non ha bassifondi».

- «Che i negri vogliano spaventarci?»

- «Va' a vedere se dormono».

- Feci appello al mio coraggio e scesi nel frapponte.

- Gli schiavi stavano sdraiati uno addosso l'altro e dormivano profondamente, anzi russavano sonoramente come tante grancasse. Risalii in coperta più spaventato di prima e nel momento in cui montavo i due ultimi gradini, udii risuonare nelle profondità del legno altri tre colpi sordi, simili a quelli di prima.

- La cosa cominciava ad impensierirmi: o il legno toccava su qualche bassofondo, o stava per avverarsi la sinistra profezia del vecchio marinaio. Di lì non si poteva scappare.

- Riferii al timoniere quanto avevo veduto e udito. Lo vidi diventare pallido come un morto e farsi il segno della croce.

- «Vedi alcun fuoco apparire sul mare?» - mi chiese balbettando.

- Girai gli occhi in tutte le direzioni, ma era buio; anche quei misteriosi bagliori che poco prima si scorgevano attorno alla nave, erano scomparsi.

- Trascorse un'altra mezz'ora fra la più viva ansietà per tutti noi, ed i misteriosi rumori non si ripeterono. Però la nave scricchiolava più di prima, e ai nostri orecchi giungeva una specie di gorgoglio, che pareva prodotto da una fuga d'acqua. Non ci facemmo gran caso, credendo che fossero le onde che s'infrangessero contro la prua.

- Ad un tratto ecco risuonare distintamente i tre colpi di prima; ma questa volta erano così potenti che tutti gli uomini di quarto li udirono.

- Non saprei descrivervi il terrore che s'impadronì di tutti noi, in quel terribile momento. Se fosse apparso dinanzi alla prua della stregata nave un mostro spaventevole, non avremmo provato un'emozione così forte, poiché un certo coraggio tutti l'avevamo; ma quell'inesplicabile mistero ci faceva agghiacciare il sangue e rizzare i capelli.

- D'improvviso un grido immenso echeggiò a prua, ma un grido di terrore e di disperazione. Guardai: là, sulla oscura linea dell'orizzonte, una grande fiamma d'una limpidezza ammirabile, che spandeva sul mare circostante una viva luce, brillava. Era una fiamma perfettamente immobile, tranquilla, più larga che lunga, ma che nel mezzo formava tre punte acute.

- Eravamo perduti: la sinistra profezia del vecchio marinaio olandese si avverava!...

- Quasi nel medesimo tempo udimmo sorgere dal frapponte urla terribili. Gli schiavi sentivano per istinto che la loro ultima ora era suonata, o scorgevano anch'essi, attraverso alle pareti della nave, la misteriosa fiamma?

- Pazzi di terrore, ci eravamo aggruppati tutti a prua, e guardavamo sempre quella luce. Una forza inesplicabile ci teneva come inchiodati sul ponte, e ci sentivamo affascinati da quel bagliore che rischiarava il lontano orizzonte, nell'egual modo dell'uccello che si sente affascinare dagli occhi del serpente.

- Una voce ci strappò da quella immobilità strana:

- «Si salvi chi può!... la nave affonda!...»

- Era stato il capitano a gettare quel grido d'allarme. Ci curvammo sui bordi e vedemmo che la nave affondava lentamente con un largo dondolìo. In un baleno calammo in acqua i canotti. Nel momento di entrarvi udimmo i poveri negri mandare grida strazianti. Essi pure si erano accorti che il vascello andava a picco.

- Seguito da alcuni coraggiosi compagni, scesi nel frapponte e tentai di spezzare le catene che stringevano quei disgraziati, ma il tempo mancava.

- La nave oscillava fortemente, scricchiolava sinistramente, fremeva tutta, e giù nella cala si udivano i muggiti delle acque irrompenti nella stiva e l'urtarsi dei legnami galleggianti.

- Fuggii in coperta assieme a coloro che mi avevano seguito. Balzai nel canotto ormeggiato sotto la poppa e ci allontanammo colla massima celerità, onde non venire travolti e inghiottiti dal gorgo.

- La nave affondava lentamente, ma irresistibilmente, come se fosse attratta in fondo al mare da una forza misteriosa. Girava su di se stessa come si trovasse in mezzo di un vortice; dal frapponte si elevavano urla d'angoscia emesse dai poveri negri, i quali vedevano montare l'acqua senza poterla evitare perché trattenuti dalle catene e si sentivano a poco a poco affogare; gli alberi oscillavano come se fossero lì lì per spezzarsi o cadere in coperta con tutta l'attrezzatura, e dal fondo del legno provenivano di quando in quando dei colpi sordi, prolungati, che si ripetevano nei nostri cuori, mentre all'orizzonte brillava più limpida che mai la grande fiamma!...

- Ad un tratto una sorda detonazione rintronò nella profondità del vascello e il ponte, sotto la spinta dell'aria interna, compressa dal montare continuo dell'acqua, saltò in aria come sotto la spinta d'una polveriera che scoppia. Allora il legno affondò rapidamente: sparvero le sue murate, i primi pennoni, poi i secondi, i terzi, gli ultimi, e finalmente le punte degli alberetti.

- Per alcuni istanti udimmo risuonare sotto le acque le urla del nostro carico vivente, poi un'onda, una specie di muraglia liquida, si distese muggendo sul mare e la nave stregata scese in fondo agli immensi e tenebrosi abissi del golfo del Bengala.

- Quasi subito la fiamma che brillava all'orizzonte si spense, e ci trovammo avvolti nella più profonda oscurità.

- Guardai l'orologio: erano le tre del mattino meno sei minuti. Rabbrividii: proprio in quell'ora, due anni prima, quella nave era calata in mare sotto la speronata del piroscafo americano!...

- Due ore dopo le nostre scialuppe approdavano a Sangor, la prima isola che s'incontra alla foce del Gange. Prima di sbarcare guardammo verso il Sud: il mare era deserto e ancora tenebroso e la fiamma non era più riapparsa. La profezia del vecchio olandese si era avverata!...

Mastro Catrame scosse il capo e parve immergersi in profondi pensieri. Un funebre silenzio seguì quella paurosa narrazione; eravamo tutti vivamente impressionati e i nostri occhi scorrevano il mare indiano, temendo di scorgere ad ogni istante quella misteriosa fiamma. Anche il capitano taceva.

Mastro Catrame stette alcuni minuti raccolto, poi, alzando lentamente il capo e fissando il capitano, gli chiese:

- Non ridete ora?

Guardammo l'interrogato: aveva il capo chino sul petto, le braccia strettamente incrociate, e pareva che facesse uno sforzo straordinario per sciogliere quell'enigma.

- Non ridete? - ripeté il vecchio.

Nemmeno questa volta il capitano rispose; egli pensava sempre.

Un sorriso di trionfo apparve sulle labbra di papà Catrame. Scese dal barile, si mise sotto il braccio la sua bottiglia semivuota e se n'andò senza guardarci.

Ma mentre scendeva la scala che metteva nella stiva, udivamo risuonare, ad intervalli, il suo riso beffardo.

Il vascello dei topi

Fosse la paura che a poco a poco aveva invaso il nostro equipaggio, fosse perché navigavamo su quel mare sotto le cui onde riposava il vascello stregato, o il riso schernevole del vecchio mastro che risuonava ancora nei nostri orecchi, o il cambiamento operatosi nel nostro capitano di solito così scettico e che rideva ad ogni chiusa di quelle novelle, o qualche altra cosa, quella notte a bordo del nostro veliero regnò come una specie di terrore.

Gli uomini di guardia pareva che fossero diventati muti: guardavano ansiosamente l'oscura distesa d'acqua, temendo sempre la comparsa di quella fiamma dalla luce limpida e tranquilla; trasalivano ogni volta che la nave, nel sormontare le larghe ondate dell'oceano, vibrava e scricchiolava, credendo di udire i tre colpi misteriosi, e guardavano sovente i fianchi, paventando di vederli a poco a poco discendere nei profondi abissi.

Due volte, nel momento del cambiamento della guardia, papà Catrame mostrò il suo grigio capo a livello del boccaporto, facendo udire quel suo riso beffardo che faceva rabbrividire, perché pareva il riso d'un uomo che torna dall'altro mondo.

Durante il giorno però non si fece vivo e, cosa insolita, nemmeno il capitano lasciò la sua cabina, né al mezzodì salì in coperta per rilevare il punto. Pensava egli alla novella del vecchio? Oppure era rimasto tanto profondamente impressionato, da temere l'incontro di quel funebre narratore, lui che spiegava ogni fenomeno e che rideva sempre?

Aspettammo con viva curiosità la sera. Appena il sole apparve tuffarsi nelle onde dell'oceano, papà Catrame salì tranquillamente in coperta e andò a prendere il solito posto. Sorrideva ancora, e i suoi occhietti grigi brillavano d'una fiamma maligna.

Quando l'equipaggio lo vide, si ritirò da una parte come se fosse apparso uno spettro e si rifugiò a prua e a poppa. Quella sera egli poteva ritornare comodamente nella sua cala, poiché nessuno sarebbe andato a udire la sua settima novella.

Egli non parve inquietarsi menomamente dell'assenza dei suoi uditori. Aspettò pazientemente un quarto d'ora, fumando un Manilla, poi andò in cerca di una striscia di carta, vi tracciò sopra qualche cosa e, come l'altra volta, appiccicò quello strano avviso sull'albero di trinchetto.

Per qualche po' nessuno osò appressarsi, credendo di leggere chissà quale funebre titolo; ma a poco a poco la curiosità vinse tutti, e ci avvicinammo. Un allegro scroscio di risa uscì da tutte le bocche.

- «Il vascello dei topi»!... - esclamarono.

- Cosa mai sarà?...

- Che i topi abbiano mangiato qualche spirito del mare?

- Che papà Catrame abbia perduto un pezzo di orecchio?

- Andiamo a udirlo!...

L'intero equipaggio accorse in massa, circondando papà Catrame e il suo barile. In quel momento più nessuno pensava alla fiamma misteriosa e alla tetra profezia del vecchio olandese.

Il mastro, quando ci vide seduti, si mise a ridere, mostrando i suoi lunghi denti.

- Ah! siete qui, ragazzacci! - esclamò. - Lo sapevo che il titolo vi avrebbe fatto accorrere.

- Ma basta colle storie funebri!... - esclamarono tutti.

- Silenzio! - tuonò papà Catrame. - Questa sera voglio farvi ridere.

- Viva papà Catrame!...

- Tappate le, bocche! Non è permesso emettere di queste grida, che possono venire interpretate come un segno di rivolta contro le autorità di bordo, - disse il mastro fra il serio e il burlesco. - Ora vi narrerò come l'ex re dei selvaggi sia diventato un domatore di topi. Ma.... prima di tutto, credete voi all'istinto di quei piccoli roditori?

Stavamo per rispondere, quando dietro di noi udimmo una voce esclamare:

- Un momento, papà Catrame!...

Ci voltammo come un solo uomo e ci trovammo dinanzi il capitano che si era avvicinato senza che nessuno lo udisse. Il vecchio mastro a quella vista sussultò, e la sua fronte si coprì di rughe grosse quanto un dito mignolo.

Cosa stava per succedere?

- Un momento, - ripeté il capitano, - poi continuerai la tua settima novella. Ritorniamo per un po' alla nave stregata e alla fiamma misteriosa.

Il viso di papà Catrame si fece oscuro.

Dimmi, vecchio mio, - riprese il comandante: - a quale distanza dalla foce del Gange la nave olandese andò a picco?

- A sedici o diciotto nodi, - rispose il mastro.

- E tu credi che quella fiamma avesse un'origine misteriosa! - esclamò il capitano, scoppiando in una risata. - Ignori tu dunque che gl'indiani affidano i cadaveri dei loro cari alla corrente del Gange, convinti che il sacro fiume li conduca direttamente in Cielo, e che quei cadaveri si accumulano dinanzi alle coste?

- Ebbene? - chiese il mastro con voce appena distinta.

- Ho spiegato l'enigma e anche questa volta smentirò la tua poco allegra leggenda. Il fuoco che voi avete veduto non aveva origini misteriose, ma proveniva dai gas sprigionatisi dalla massa dei cadaveri, gas che nei climi caldi molto facilmente si accendono. Forse anche tu hai osservato più volte questo fenomeno nei nostri cimiteri, durante le calde sere d'estate.

- I colpi d'origine misteriosa che voi udivate, erano prodotti dalle onde che battevano contro la chiglia e i fianchi del vascello, il quale forse era stato costruito con legnami eccessivamente sonori, oppure le ondate si ripercuotevano nella stiva in causa della sua speciale costruzione, cosa che non mi sorprende, avendo gli olandesi dei legni di forme diverse dai nostri.

- Infine il legno non andò a picco per magiche arti, né per la profezia del vecchio olandese, ma in causa della falla dell'americano, riapertasi, nel momento in cui s'accendevano i gas sprigionatisi dai cadaveri che il Gange aveva spinto in mare. Ora dammi pure dell'incredulo; ma per me l'enigma è spiegato. Continua intanto la tua storia, e ridiamo un po'!...

Papà Catrame pareva fulminato. Egli rimase parecchi minuti immobile, cogli occhi fissi sul capitano, più pallido di un morto, poi lanciò uno sguardo pauroso sul mare, da levante ad occidente, finalmente scosse il capo, borbottando a più riprese: - Increduli!... increduli!...

Incrociò le braccia sul petto e non parlò più.

Aspettammo: sembrava che egli avesse dimenticati i suoi topi. Pensava forse alla incredulità di certa gente? Io lo sospetto.

- Ebbene, papà Catrame, ti sei addormentato sulla tua fiamma o in mezzo ai tuoi topi? - chiese lo spietato comandante. - Sono dieci minuti che attendiamo il principio della settima novella.

Il vecchio mastro emise un sospirone che veniva proprio dal profondo del cuore, fece un gesto di cui non riuscimmo ad afferrare il significato, poi cominciò la sua storia.

- A parecchi di voi sarà toccato, e non una, ma più volte, di imbarcarsi su vascelli popolati da legioni di topi; ma certo non vi sarà accaduto di vederne tanti quanti ne ho trovati io su di un vecchio legno norvegiano. Voi sapete che i topi che s'imbarcano, facendosi trasportare gratuitamente da un punto all'altro del nostro globo e vivendo alle spalle del cuciniere di bordo, per lo più appartengono alla specie norvegiana, razza immensamente prolifica, più robusta di quella comune e di una voracità veramente spaventevole.

- Quando prendono posto sul legno, nessuno lo sa; ma un bel giorno, quando meno lo sospettate, li vedete comparire tra le fessure della stiva e due o tre mesi dopo ne vedete cento, poi mille, poi dei reggimenti interi.

- Io dunque mi ero ingaggiato a bordo d'un veliero norvegiano, un legno vecchio quanto l'arca di Noè, tutto sdruscito per i lunghi viaggi, colla chiglia gobba e che a prima vista s'indovinava dover essere una vera topaia. Essendo io rimasto a terra nel porto di Stavanger e avendo dato rapidamente fondo ai miei magri risparmi, presi senza esitare imbarco, colla speranza di trovare posto su un vascello un po' più giovane e più solido in qualche porto più fortunato.

- Eccoci adunque in pieno mare con un carico di legnami destinato ai porti islandesi e un ventina di quintali di formaggi affidatici da non so quale negoziante danese. Bella fortuna doveva toccare a quel povero diavolo! Anche senza fare naufragio, il carico sarebbe giunto a destinazione con una grande breccia, ve l'assicuro io. Ma non per conto nostro, veh! Oibò, eravamo galantuomini noi; non così però i passeggeri gratuiti che scorrazzavano la stiva, infischiandosi di noi e delle nostre trappole.

- Non essendovi posto nella camera comune dell'equipaggio, ed amando io rimaner solo, avevo steso la mia branda in una piccola cabina, cioè in un buco, dove non potevo stare in piedi, tanto era bassa. Mi ricordo che si trovava sotto la dispensa.

- Finito il mio quarto di guardia della mezzanotte, mi ritirai colla certezza di dormire come un ghiro. Ero tanto stanco che appena sdraiato chiusi gli occhi, russando fortemente. Ma un concerto strano, di cui non riuscii a spiegare la causa sulle prime, mi svegliò ben presto. Erano grida, anzi strida, così acute da trapassarmi i timpani degli orecchi.

- Mi alzo a sedere, accendo uno zolfanello e guardo. Corbezzoli!... Che spettacolo!... Il mio nido brulicava di topi d'ogni età e grandezza, topi vecchi coi denti lunghi e gialli e certi baffi grigi da fare invidia a un veterano della guardia napoleonica, topi adulti, topi piccoli, maschi e femmine, che battagliavano ferocemente per disputarsi un buco che metteva nella dispensa.

- Venivano su dalla stiva a colonne, a battaglioni, a reggimenti, con un gridìo assordante, accalcandosi in quello stretto spazio e montandosi gli uni addosso agli altri.

- Io non ho mai avuto paura dei topi; ma vi assicuro che nel vedere quell'esercito che pareva non finisse più, mi sentii correre un non so che sotto la pelle.

- Mi levai le scarpe e le scagliai in mezzo all'orda. Credete che fuggissero? Mai più; anzi, tutt'altro! Quelle canaglie s'accorsero che nella branda vi era della carne fresca da rosicchiare, ed ecco i più vecchi e più audaci arrampicarsi su per le pareti, correre sul soffitto e piombarmi addosso.

- Non volli saperne di più. Diedi un calcio alla branda e fuggii in coperta, inseguito da sette od otto dei più voraci che tentavano di mordermi i polpacci.

Andai a lagnarmi cogli uomini di quarto, ma essi mi risero sul muso. Quei bravi norvegiani trovarono cosa naturalissima che un vecchio bastimento del loro paese pullulasse di quegli amabili compagni! Cosa importava loro se una brutta notte rosicchiavano l'orecchio a qualche uomo addormentato, o facevano dei formidabili vuoti nella dispensa del cuoco? Bah! erano inezie, quelle!

- Se però la pensavano così quei flemmatici camerati, papà Catrame ci teneva assai ai suoi orecchi, e giurai di non tornare più in quel brutto covo di roditori.

- Malgrado il freddo acuto che si faceva sentire, mi decisi di dormire in coperta, sotto una vela; ma, lo credereste? nemmeno là ero al sicuro dalla voracità di quei mostri.

- Dal mio nascondiglio vedevo bande di roditori correre per la coperta, saltellare fra le gambe degli uomini di quarto, che non s'incomodavano punto a levare i talloni per schiacciarne qualcuno, salire sugli alberi, arrampicarsi sulle sartie, e abbasso e in alto si udivano acute strida.

- Io sono certo che, se noi tutti avessimo abbandonato quel legno, i topi non si sarebbero trovati imbarazzati a guidarlo. Ventre di foca!... Come sarebbe stato bello l'incontro d'un vascello con un equipaggio di rosicchianti!...

- Ma bando agli scherzi e tiriamo innanzi. L'audacia di quei mostri cresceva di giorno in giorno, al punto di essere un vero pericolo non solo per me, ma per tutti. Avevano invaso le cabine di poppa e la camera comune dei marinai, rosicchiando i materassi e le coperte, cacciandosi nelle casse, dove facevano una vera rovina di vestiti, penetrando nella dispensa del cuciniere, e quivi divorando prosciutti, formaggi, salami, quanto insomma vi era di buono.

- In capo a una settimana un marinaio aveva perduto mezzo orecchio, un altro un pezzo di naso e i baffi, un terzo un mezzo dito del piede destro; nella dispensa non si trovava più una briciola di salumeria, ed io avevo perduto tre paia di scarpe, divorate in una sola notte da sei topi grigi, grossi come gatti, i quali fuggirono a tutte gambe, mandando delle allegre strida, quando apersi la mia cassa per constatare il danno.

- Dovetti sborsare tre lire e quarantadue centesimi ed un pacco di tabacco, se volli procurarmene un altro paio: ma erano così immense che i miei piedi vi si perdevano; e si che ho certe basi da far concorrenza ad un elefante. Di fronte a simili disastri e a tanti orecchi rosicchiati, il flemmatico equipaggio cominciò a scuotersi e il capitano, che ci teneva un po' al suo naso, ch'era il più lungo di tutti, ordinò una battuta generale, la quale costò al nemico la perdita di undici giovani reclute e di un vecchio generale, trovato dentro la dispensa, nel ventre di una scatola di tonno: il ghiotto ne aveva mangiato tanto da non essere più in grado di balzare fuori. Vedemmo poi che i formaggi di quel disgraziato negoziante danese erano scemati della metà e ridotti in uno stato tale, che il capitano credette di metterli a disposizione dell'equipaggio, il quale, ve lo assicuro, gradì il dono col massimo piacere, anzi gli fece tanto onore che due settimane dopo tutti quegli uomini parevano balbuzienti.

- Quella vittoria non soddisfece nessuno, tanto più che la notte stessa altri due uomini perdevano mezzo naso e scomparivano dodici paia di scarpe. Se la continuava di quel passo fra breve a bordo non doveva rimanere più un uomo col naso intatto e, per colmo di disgrazia, nemmeno una scarpa! Eppure cominciava a fare un tal freddo da rendere pericolosa la mancanza degli stivali, ed i piedi gelavano... e come!...

- Dopo una penosa navigazione il nostro vecchio legno era giunto all'altezza delle Faeröer, gruppo d'isole che si trova a circa mezza via fra le coste settentrionali della Scozia e quelle meridionali dell'Islanda, quando fummo assaliti da un orribile tempaccio che mise in subbuglio il mare e il cielo.

- Il nostro disgraziato legno rollava e beccheggiava disperatamente, e i suoi fianchi rattoppati si curvavano sotto l'impeto crescente delle onde.

- Io cominciavo a vedermela un po' brutta, perché temevo che quella vecchia carcassa da un momento all'altro si spezzasse in due e la prua fuggisse lasciando lì la poppa. Mi rassicurai però, pensando che la nave era carica di legname e che le tavole di salvezza, in caso disperato, non mancavano.

- Era calata la notte e il vento del Nord soffiava con estrema violenza sbrindellandoci le vele, quando vedemmo uscire dal boccaporto di maestra una massa nerastra che si stendeva pel ponte con rapidità straordinaria.

- Sorpresi e un po' spaventati, ci avvicinammo per vedere con quale specie di animali avevamo da fare. Immaginate quale fu il nostro terrore nello scorgere che da quell'apertura uscivano a migliaia e migliaia i topi della stiva. Volgemmo i talloni più presto che ve lo possiate immaginare e ci salvammo a prua e a poppa, armandoci di traverse, di aspe e di manovelle per combattere quel nuovo pericolo, che poteva essere più grave e più minaccioso dell'uragano.

- Quella strana emigrazione pareva che non finisse più. Il boccaporto vomitava come un vulcano in piena eruzione; uscivano topi d'ogni razza e grossezza, con mille strida, e invadevano il ponte da una estremità all'altra, arrampicandosi su per gli alberi, su pei pennoni, su per i cordami.

- In un quarto d'ora non vi era più uno spazio libero in coperta, eccettuati il cassero e il castello di prua, dove noi ci tenevamo, respingendo furiosamente quelle orde divoratrici a colpi di spranga e di manovella.

- Pareva che non uscissero dalla nave, ma dalle viscere della terra tanti e tanti erano. Io credo di essere al disotto del vero nello stimarne il numero a trecentomila. Mi capite! trecentomila topi, tutti affamati e che contavano di mangiarci vivi e ripulire le nostre ossa meglio d'un preparatore anatomico!

- Bella prospettiva avevamo dinanzi agli occhi! L'uragano infuriava sempre, mettendo sottosopra il mare, il quale ci assaliva da tutte le parti, smanioso di sfondare la nostra arca di Noè; gli alberi minacciavano di piombarci sul capo assieme ai pennoni, e il ponte era coperto di topi, pronti a darci addosso e intaccare i nostri polpacci! In quel momento avrei dato la vecchia mia pelle per una pipata di tabacco.

- La nostra paura però fu di breve durata, poiché il temuto assalto dei famelici roditori, almeno pel momento, non si effettuò. Pareva anzi che fossero spaventati e che cercassero la nostra compagnia senza intenzioni ostili. Di essi quelli che erano riusciti ad arrampicarsi sul castello di prua, dove io mi trovavo, invece di morderci, si nascondevano fra le nostre gambe e stavano quieti.

- Ora, che mai li aveva costretti a invadere la coperta del vascello? Io cominciai a diventare inquieto, sapendo che quello non era l'istinto delle detestate bestiacce. Certo qualche pericolo ci minacciava e i roditori lo sentivano: in caso diverso non avrebbero abbandonata la stiva dove potevano godere quasi completa sicurezza.

- Voi ridete!... Si vedrà fra poco se io avevo ragione o torto di pensarla così...

Papà Catrame si fermò, lasciandoci ridere a nostro bell'agio, si stropicciò le mani con una certa contentezza, accese un altro mozzicone di sigaro, poi continuò:

- Benché la nostra nave non fosse governata, e nessuno osasse scendere in coperta, dove i topi continuavano ad ammucchiarsi, battagliando ferocemente, teneva bene il mare e pareva che non corresse un immediato pericolo. Scricchiolava dalla ruota di prua a quella di poppa, dalla chiglia alla coperta, si sollevava penosamente sulle onde, ma teneva fronte all'uragano colle malferme costole ed i molti suoi anni.

- Due ore dopo, però, vedemmo irrompere dal boccaporto altri battaglioni di topi, forse gli ultimi, i quali si rovesciarono confusamente addosso ai compagni. Erano i più giovani forse e meno esperti, che avevano preferito saccheggiare ancora una volta la nostra disgraziata dispensa prima di abbandonare la stiva. Quasi contemporaneamente giunse ai nostri orecchi un sordo muggito che ci fece impallidire, come Macbeth dinanzi all'ombra di Banco.

- Ohè, papà Catrame, che sfoggio d'erudizione! - esclamò il capitano. - Anche delle tragedie tiri in campo, per abbellire i tuoi racconti!

- Credete forse che non conosca Macbeth? - disse il mastro, un po' risentito. - Ho alzato per quindici sere il telone quando si recitava a bordo del Fox, onde ingannare l'inverno fra i ghiacci della baia di Melville.

- Bella carica, perbacco!... - esclamò il comandante, ridendo a crepapelle.

- Si fa quello che si può, - rispose modestamente il mastro. - Ma lasciatemi finire la storia o questa notte non dormirà nessuno. Sono rimasto... Va bene: quando udimmo un muggito che ci fece impallidire.

- Dapprima non sapemmo a che cosa attribuirlo; ma ascoltando con profonda attenzione, ci accorgemmo che proveniva da una fuga d'acqua. La vecchia nave aveva ceduto in qualche punto e beveva allegramente, riempiendosi come un otre.

- I topi, quei furboni, guidati dal loro meraviglioso istinto, avevano previsto il disastro e si erano rifugiati per tempo in coperta, onde non annegare.

- A bordo del povero legno non tardò a subentrare la paura e la confusione. Quei pacifici norvegiani cominciavano a perdere la testa e mi parevano tutti ubriachi o pazzi.

- Correvano da una parte all'altra, affollandosi presso le scialuppe, onde essere pronti a imbarcarsi nel momento in cui la nave avesse dato l'ultimo addio alle stelle e al sole, e battagliavano ferocemente colla moltitudine dei topi, tentando di respingerli nella stiva, ma senza però ottenere verun risultato, poiché i rosicchianti rispondevano con pari ferocia, mordendo spietatamente i talloni e i polpacci dei nemici.

- Io non mi davo grande pensiero, essendo certo che il vascello non sarebbe affondato con tutto quel carico di legname che aveva in corpo e che le onde presto o tardi avrebbero spazzato via quei reggimenti di molesti roditori.

- Alle undici di sera il veliero era immerso fino alle murate e le onde balzavano furiosamente in coperta, portando via i piccoli mostri a centinaia; ma ne restavano sempre. Alla mezzanotte caddero i due alberi trascinando con loro tutta l'attrezzatura; ed il vecchio legno, quantunque fosse quasi tutto sommerso, galleggiava sempre.

- Verso le due, vinto dal sonno e dalla stanchezza, mi cacciai dietro una botte, mi copersi alla meglio con un velaccio e, malgrado il pericolo che si faceva di momento in momento più grave e l'invasione dei topi che si rifugiavano sul cassero e sul castello di prua per non lasciarsi portare via dalle onde, m'addormentai.

- Quanto dormii? Nol seppi mai, perché quando riapersi gli occhi era ancora notte e l'equipaggio norvegiano era scomparso!... Senza dubbio, nel timore che il legno affondasse da un istante all'altro, avevano messo in mare le imbarcazioni ed erano fuggiti senza prendersi la briga di cercarmi. Non mi spaventai troppo, quantunque la mia situazione non fosse molto brillante. Checché succedesse, ero più contento di trovarmi a bordo della mia carcassa che sulle imbarcazioni, con un tempaccio così orribile.

- Il mare era sempre cattivo e pareva che non dovesse calmarsi tanto presto; la nave, immersa fino alla linea della coperta, galleggiava sempre, meglio anzi di prima, e non vi era alcun pericolo finché non si spezzava; i topi si trovavano aggruppati a migliaia intorno a me, ma pel momento pareva che non avessero idee bellicose. E più tardi? Ecco quello che mi chiedevo con insistenza, giacché la fame non doveva tardare a spingere quei reggimenti contro le mie gambe.

- Mi decisi di non perdere tempo, onde trovarmi pronto a lasciare il legno appena il mare me lo avesse permesso. Innalzai una preghiera a Dio, mi armai di una scure e in meno di un'ora costruii una piccola zattera, capace di sostenermi, e mi vi coricai sopra, in mezzo a una banda di topi d'ogni età, che forse avevano l'intenzione di tenermi poco allegra compagnia.

- Spuntò il giorno, il mare non si calmò; cadde la notte e divenne più cattivo, anzi tanto che certi momenti non sapevo più se la nave galleggiasse ancora o fosse andata a picco, tante erano le onde che la coprivano.

- Come se questo non bastasse, ecco la fame spingere addosso a me i miei compagni di naufragio. Pareva che si fossero passati la parola d'ordine, poiché tutto d'un tratto li vidi serrare le file e scagliarsi contro le mie gambe con furore senza pari.

- Balzai in piedi brandendo la scure e mi posi a picchiare con rabbia estrema a destra e a sinistra, dinanzi e di dietro, saltando or sull'una e or sull'altra gamba per schiacciare quanti più potevo di quei maledetti. Ma la marea montava: ai battaglioni succedevano i battaglioni, ai reggimenti i reggimenti, e questi più affamati di quelli. Avevano giurato di spolparmi fino all'ultimo osso.

- Fortunatamente le onde si rovesciavano ad ogni istante sul povero legno e spazzavano via centinaia di assalitori; ma non bastava. Sentivo quei mostri corrermi su per le gambe, cacciarsi nella mia casacca, balzarmi sulle spalle e mordermi gli orecchi.

- Mi credetti perduto!...

- Proprio in quel momento Dio ebbe compassione della pelle di papà Catrame, poiché un'onda gigantesca spazzò la prua della nave e mi portò via assieme alla zattera. Ebbi appena il tempo di aggrapparmi ai cordami che legavano le tavole, e mi trovai in mezzo al mare.

- Per due giorni lottai fra la vita e la morte, ma finalmente l'uragano cessò e il mare divenne tranquillo. Dove ero? Io lo ignoravo. Se una nave tardava a venire in mio aiuto, non so come sarebbe finita, non avendo meco nemmeno una briciola di pane. Mi sento fremere tutte le volte che penso a quel momento.

- Ma non avevate preso qualche pezzo di stoccafisso? - chiese un gabbiere.

- O una dozzina di biscotti? - chiese un altro.

- No. In una tasca però trovai un topo dal pelame quasi bianco, tanto era vecchio, con due baffi più lunghi di quelli del capitano Baffone, che forse voi tutti avrete conosciuto o almeno udito nominare; in un'altra un simpatico di lui figlio, con due occhietti intelligenti; nella terza una femmina con due poppanti topolini! Nonno, padre, madre e figli! una famiglia intera che contava di spassarsela nel fondo delle mie saccocce.

- Un altro li avrebbe afferrati per la coda e gettati in mare, ma io no; li presi delicatamente per gli orecchi e li deposi sulla mia zattera. Non si sa mai! Nella condizione in cui mi trovavo, cogli intestini che brontolavano per la fame, quella famigliola poteva servirmi a qualche cosa. Che diamine! Non sono mai stato uno schizzinoso, io!

- Eppure, guardate che originale è papà Catrame! Dopo quattro ore mi ero tanto affezionato ai miei compagni di sventura, che ci avrei pensato quattordici volte prima di immolarli al mio ventricolo. Prendevo gusto a vederli saltellare per la piccola zattera ed arrampicarsi su per le mie gambe, emettendo strilli di contentezza. Perfino il vecchio nonno, che dapprima si era dimostrato molto diffidente a mio riguardo, si degnava di venire ad accoccolarsi sulle mie scarpe, per rosicchiare le suole.

- La famiglia non era però completa. Frugando nelle mie tasche trovai un altro giovane rampollo, un topolino grosso come una nocciola, che si era nascosto nella mia pipa. Mi accorsi della sua presenza quando stavo per accenderla e poco mancò che il disgraziato piccino rimanesse abbruciato.

- Ecco adunque attorno a me il vecchio Catramone, il signore e la signora Catrame, i giovani Catramino e Catrametto e il microscopico mastro Pipa; e se aveste veduto come accorrevano quando li chiamavo per nome!

- Disgraziatamente la mia situazione si complicava. La zattera non andava né innanzi, né indietro; nessuna terra appariva in vista, non avevo un tozzo di pane e la fame cresceva sempre, ed io continuavo a stringere la cintola. I miei occhi si posavano sempre, con ardente bramosia, sulla mia famigliola, e i miei denti pregustavano quelle tenere carni (il vecchio l'avrei serbato per ultimo, perché doveva essere duro e coriaceo), e avevo già deciso di sacrificarli, quando finalmente comparve una nave danese in rotta per la Scozia.

- Fummo tutti salvi, e potemmo divorare una copiosa razione nella dispensa del cuciniere. Credo di aver mangiato cinque zuppe colla cipolla senza fermarmi e non so quanti piatti di carne.

- Quando sbarcai a Liverpool, i miei sorci erano meglio ammaestrati dei cani e mi dimostravano un'affezione immensa. Non seppi però resistere alle dieci ghinee offertemi da un eccentrico inglese e li cedetti; vi giuro però che in vita mia non provai un dispiacere eguale come nel momento in cui mi separai dai miei antichi compagni di sventura. Non sono sicuro, ma credo di essermi sentito inumidire gli occhi, io che non ho mai pianto!

Un clamoroso scroscio di risa accolse la fine della settima storia; perfino il capitano rideva, specialmente nel mirare il viso contristato di papà Catrame.

- E i norvegiani? - chiedemmo.

- Dio deve averli puniti, poiché non udii più mai parlare di loro. Io credo che siano tutti annegati.

Papà Catrame si alzò, sgusciò fra l'uditorio e si allontanò dicendo:

- A domani sera, se non mi coglie qualche malanno.

E sparve nella stiva.

Le sirene

Alle otto precise papà Catrame era al suo posto, pronto a raccontarci l'ottava storia.

Guardammo il suo volto incartapecorito, per indovinare se fosse di buono o cattivo umore, poiché da questo si poteva argomentare se la novella era allegra o triste. Le nostre investigazioni riuscirono però vane, poiché il suo volto nulla diceva. Solo notammo che pareva un po' nervoso: egli non faceva altro che levare di bocca la vecchia pipa e cacciarvi dentro il suo pollice, quantunque essa tirasse meglio del solito.

Era imbarazzato a trovare l'argomento? o il suo cervellaccio tardava a risvegliarsi? Io credo che fosse una cosa e l'altra; infatti rimase silenzioso più di un quarto d'ora, continuando a frugare e rifrugare nella pipa. Alla fine, quand'ebbe tracannato un paio di bicchieri, la sua memoria si svegliò come per incanto.

- Credo e non credo, - cominciò egli.

- Oh!... oh!... - esclamò il capitano. - Papà Catrame a poco a poco diventa incredulo.

- No, - rispose il mastro gravemente. - Ma su ciò che sono per narrarvi conservo dei dubbi, non avendo potuto constatare la cosa con piena sicurezza.

- L'argomento deve essere importante, - esclamò il capitano. - Si tratta di qualche mostro di nuova specie?

- D'un mostro precisamente non si tratta, - rispose il marinaio con serietà; - si tratterebbe anzi d'una vaga donna.

Un «oh!» di sorpresa uscì da tutte le bocche, e vi era di che. Come mai mastro Catrame, quell'orsaccio, che quando vedeva una donna fuggiva come se avesse dinanzi il diavolo, si occupava del gentil sesso?

- Ventre di balena! - esclamò il capitano. - Questa volta papà Catrame vuole morire.

- Fuori la novella! - gridarono tutti.

- Il titolo!... Il titolo! - tuonò una voce.

- Il titolo? - disse il mastro. - Eccolo: le sirene!...

Un clamoroso scoppio di risa tenne dietro a quell'annuncio; rideva il capitano fino a slogarsi le mascelle, ridevano i marinai, e si tenevano i fianchi perfino i mozzi.

- Ah! papà Catrame! - esclamò il capitano. - Tu credi ancora a simili frottole?... Eh via!... perbacco!... Sii un po' più serio.

- Papà Catrame le sballa grosse come una corazzata! - gridarono tutti.

- Adagio, ragazzi, - disse il mastro, che faceva fronte colla maggior calma a quello scoppio d'ilarità. - Ho detto fin da principio che credo e non credo; ma qualche cosa di vero ci deve essere. Oh! perbacco! sono secoli e secoli che i marinai parlano delle sirene. A quale scopo avrebbero inventato simili frottole? Qualche cosa di vero, lo ripeto, ci deve essere, quantunque non abbia ancora potuto verificare esattamente quanto ce ne sia.

- Voi ridete pure; ma se continua la celia, pianto su due piedi l'uditorio e vado a passare la mia notte nella cella dei prigionieri. Avete capito? Ventre di foca! è un po' troppo!... Corpo d'una spingarda! basta così, o...

- Silenzio! - tuonò il capitano, - o il vecchio Catrame scoppia come una caldaia a trenta atmosfere.

Con uno sforzo prodigioso frenammo la nostra ilarità e il silenzio più profondo regnò attorno al mastro.

- Ritorno al Caronte, - riprese Catrame, - a quel brutto vascello che si diceva fosse popolato di fantasmi e di folletti e il cui comandante fece la fine miseranda che voi tutti conoscete. Però la storia che sto per narrarvi non è tanto lugubre come sembrerebbe a prima vista.

- Quando il caso che ora apprenderete accadde, la fregata si chiamava ancora Santa Barbara; la comandava un altro capitano e nella stiva non si udivano né gemiti né cigolii di catene.

- Con me si era imbarcato un giovane ufficiale, i cui modi un po' bizzarri mi avevano subito colpito. A quale nazione appartenesse non riuscii mai a saperlo; ma non doveva essere italiano, poiché masticava orribilmente la nostra dolce lingua; pareva anzi che venisse da un paese molto lontano: era bruno come un meticcio dell'America, aveva maniere strane, un temperamento concentrato, e mangiava cibi affatto diversi dai nostri. Doveva essere di buona famiglia e di casta molto elevata, perché notai che il capitano lo trattava quasi da eguale e aveva per lui molti riguardi.

- Non so il perché, fino dal primo momento che mi vide mi dimostrò una certa simpatia. Fosse la mia barba imponente, o fossero i miei modi franchi, - modestia a parte, - o perché ero un buon compagno quando si trattava di vedere il fondo di qualche bottiglia, egli mi chiamava sovente nella sua cabina, mi mesceva da bere; ed io ogni sera tornavo alla mia branda colle gambe malferme e la testa pesante; sovente anche quell'uomo strano chiacchierava con me, mentre cogli altri non apriva mai bocca.

- Avevamo lasciato la città del Capo di Buona Speranza diretti in Australia, non ricordo bene se a Melbourne o a Brisbane: un viaggetto di almeno tre mesi, se il vento ci fosse stato sempre propizio: altrimenti la traversata si sarebbe prolungata ancora di più. Il mio ufficialetto, di passo in passo che ci allontanavamo da terra, invece di diventare più allegro, come fa il vero marinaio, intristiva sempre più.

- Lo sorprendevo talora colla testa stretta fra le mani, la fronte annuvolata, le labbra strette e una faccia da uomo più ammalato che sano. Talvolta lo udivo sospirare profondamente, borbottare non so quali parole in una lingua sconosciuta, e in quei giorni non barattava con me due sillabe, anzi mi trattava molto ruvidamente.

- Invano mi rompevo il capo per indovinare il motivo di quella crescente tristezza. Se avessi avuto i galloni d'oro, l'avrei interrogato; ma nella mia condizione non era permesso, e poi veh!, mastro Catrame è un uomo che sa stare al suo posto, osservando le distanze.

- Un giorno, mentre entravo nella cabina per portare al mio ufficialetto non so quale ordine, lo sorpresi cogli occhi bagnati di lagrime... Rimasi di stucco e, ve lo confesso, scandolezzato. Che diamine! Un marinaio, anzi un ufficiale che piange! Poffare! Il motivo doveva essere molto grave per lasciar cadere quell'acqua dolce.

- Appena mi vide, si terse quasi con rabbia quei lucciconi, vergognoso di essersi lasciato sorprendere da me; ma poi, quasi fosse vinto da un nuovo dolore, si lasciò cadere su di una sedia, nascondendosi il viso fra le mani.

- Ve lo figurate come mi trovai io in quel momento, dinanzi al mio ufficialetto. Volevo fuggire, ma avevo timore che si offendesse; volevo rimanere, ma temevo che mi mettesse alla porta; ero insomma sui tizzoni ardenti e non so che cosa avrei fatto per diventare tanto piccolo da potermi nascondere sotto il tavolo.

- Invece il mio ufficialetto non si offese, né si sdegnò. Mi fece cenno di chiudere la porta, poi, piantandomi in viso due occhi che facevano paura, mi chiese a bruciapelo:

- «Catrame, hai avuto delle affezioni nella tua gioventù?...»

- Lo guardai trasognato. Perché chiedeva a me simili cose, a me che non mi sono occupato d'altro che di àncore, di vele, di pennoni?... E poi, e poi... Lasciamo correre...

- Alto là, papà Catrame, - disse il capitano. - Tu ci nascondi qualche particolare e non dici tutta intera la verità. Quel «lasciamo correre» mi fa sospettare qualche... Eh! m'intendo io!

- Che? - chiese il vecchio con una certa inquietudine che non sfuggì a nessuno di noi.

- Tu pure, un tempo, hai corso la cavallina...

- Io!... - esclamò il mastro, la cui faccia si oscurò. - Io!...

Trinciò l'aria due o tre volte colla destra e colla sinistra, come se volesse scacciare qualche cosa, poi riprese con voce aspra:

- Lasciatemi finire..., o io me ne vado nella cabina coi ferri alle mani e anche ai piedi, se volete mettermeli.

- Lasciamo correre adunque e vediamo cos'ha da fare quell'ufficiale piagnucolone colle sirene, - disse il capitano.

- Dunque, - riprese il mastro, - sono rimasto quando l'ufficiale mi rivolse a bruciapelo quella stravagante domanda.

- Rimasi imbarazzato, tanto ero lontano dall'attendermi una simile interrogazione, e non riuscii che a borbottare tre o quattro parole, che certo egli non comprese, poiché nemmeno io sapevo quello che dicessi.

- Avesse capito un no, o un sì, l'ufficiale continuò, coll'aria di un uomo che non ha tutto il cervello solidamente incastrato nella zucca:

- «Dimmi tu se io posso essere felice nel trovarmi così lontano da lei! E forse non la rivedrò più mai, forse morrà per me, e anch'io, lo sento, finirò presto questa esistenza tormentosa».

- Io non sapevo cosa rispondere; giravo e rigiravo le dita nel mio berretto e non vedevo il momento di darmela a gambe. Non m'intendevo io di simili cose... E poi... come mai gli era saltato in capo di prendermi per suo confidente?

- Continuò così a parlare un bel pezzo della sua donna, senza che io comprendessi gran che, avendo in quel momento nel cervello altro da pensare e indosso una certa vergogna che non saprei spiegarvi. Quando il cielo volle, mi lasciò libero, e vi potete immaginare con quanta lestezza sgattaiolai sul ponte.

- Per quindici giorni non misi più piede nella sua cabina per paura che mi facesse qualche altra simile domanda o che mi riparlasse della sua infelicità e della sua donna. Egli d'altronde non mi mandò più a chiamare e non comparve che rade volte sul ponte.

- Era però sempre abbattuto, pallido, triste, e nei suoi occhi brillava una strana fiamma. Vi confesso che mi faceva paura tutte le volte che mi fissava: c'era qualche cosa di sinistro in quelle pupille; e per quanto chiudessi gli occhi, me le vedevo balenare sempre dinanzi, e le vedevo anche alla notte luccicar in fondo alla mia branda o negli angoli più oscuri della mia piccola cabina, sotto le sedie, sull'orlo del tavolo o sulle pareti.

- Io incominciavo davvero a temere che quell'uomo mi avesse affascinato, o comunicato la sua pazzia; poiché io lo ritenevo un vero pazzo...

Papà Catrame s'interruppe, guardandoci, e fosse l'impressione o altro, anche nei suoi occhi vedemmo in quel momento balenare un lampo simile a quello che egli scorgeva negli occhi del misterioso ufficialetto. Era un baleno d'una tinta indefinibile, che ci metteva indosso un certo malessere. Si sarebbe detto che ci affascinava!...

A poco a poco però quel lampo si spense, il vecchio fece una mossa brusca come per risvegliarsi e continuò la sua curiosa storia, ma con voce stanca, spossata:

- Una sera, mentre mi trovavo nella stiva ritirando certe gomene che dovevano servire pel ricambio d'un paterazzo, mi sentii improvvisamente battere sulla spalla.

- Mi volsi e nella semioscurità vidi quei due occhi che mi guardavano con un'ostinata fissazione. Non scorgendo di primo colpo l'ufficialetto, mi sentii prendere da un vivo terrore e lasciai cadere le gomene per fuggire; ma una mano di ferro mi trattenne violentemente, mentre una voce mi sussurrava agli orecchi:

- «L'ho veduta!...»

- M'alzai di scatto, e mi trovai dinanzi all'ufficiale, al pazzo.

- «Chi?» - chiesi coi denti stretti.

- «Lei!...»

- Non so chi mi trattenne dal rispondergli male. Ero arcistucco di quel pazzo da catena, tanto più che cominciava a farmi paura.

- Vedendo che io rimanevo impalato dinanzi a lui senza parlare, mi ripeté con una intonazione pazza:

- «Ti ho detto che l'ho veduta».

- «Ebbene?» - chiesi, alzando le spalle.

- «Era bella, sai?»

- «Ne ho piacere».

- «E mi ha detto che mi vuole sempre bene».

- «Tanto meglio».

- «E che tornerà a trovarmi».

- «Buon segno».

- «Vieni a bere nella mia cabina: ti parlerò di lei».

- Mi sono sentito imperlare la fronte d'un freddo sudore a quella proposta, non perché mi dispiacesse il bere, anzi tutt'altro: ma trovarmi solo con quel pazzo! ciò non mi andava a sangue.

- Gli risposi che ero di quarto e che dovevo conferire col capitano; che perciò per quella sera mi dispensasse dal tenergli compagnia. Non attesi nemmeno la sua risposta e salii più che in fretta sul ponte, mandando un altro marinaio a compiere l'operazione delle gomene, temendo di ritrovare ancora il pazzo.

- L'indomani mi mandò a chiamare, ma mi guardai bene di andare nella sua cabina e gli feci dire che ero ammalato. Non so se credesse alla mia malattia, o si fosse accorto che io non volevo più saperne di lui: mi ricordo che mi lasciò tranquillo, e io fui contentissimo, e lo sarei stato di più se si fosse dimenticato di me.

- Quando però lo vedevo apparire in coperta, fuggivo più che in fretta e andavo a nascondermi nel pozzo delle catene, onde non potesse trovarmi.

- Egli, non vedendomi, domandava di me; ed i miei camerati, che sapevano ogni cosa, gli rispondevano sempre che ero ammalato od occupato in qualche importante lavoro per ordine espresso del capitano. L'ufficiale allora sospirava lungamente e tornava nella sua cabina più cupo che mai.

- Eravamo giunti presso le coste australiane, anzi già le avevamo scorte durante il giorno, quando una sera mi imbattei in quel maniaco. Vi assicuro che passai un brutto quarto d'ora, quantunque sia stato l'ultimo.

- Mi trovavo seduto a poppa, dietro la ruota del timone, attendendo la fine del mio quarto di guardia per andarmene a dormire. Ora che mi ricordo, appunto quella sera la fregata aveva imboccato lo stretto di Bass, larghissimo canale che divide la costa australiana dall'isola di Van Diemen, ed eravamo a poche miglia dall'isola di King.

- Avevo socchiuso gli occhi e stavo per addormentarmi, quando mi sentii toccare in fronte da una mano gelida. Alzai bruscamente il capo, e vidi dinanzi a me l'ufficiale, cogli occhi strabuzzati, il viso più terreo del solito, i capelli irti.

- «Cosa volete?» - chiesi preparando le gambe per fuggire.

- «Là!... là!...» - esclamò egli con voce strozzata, indicandomi la scia spumeggiante della nave.

- «Cosa vedete?» - gli chiesi.

- «Lei!...»

- «In mare? Eh via, signore, voi sognate».

- «No, Catrame!» - esclamò egli. - «L'ho veduta!...»

- Quantunque non credessi un ette a quello che mi diceva, mi curvai sul bordo e guardai attentamente nella scia; ma nulla vidi, nemmeno la testa di un pescecane.

- «Calmatevi», - gli dissi, vedendolo in preda a una viva eccitazione. - «Non vi è nulla in mare».

- «Ma sì», - riprese con sovrumana energia. - «Ti dico che l'ho veduta là, in mezzo alla spuma».

- «Sarà stato uno scherzo dei vostri occhi».

- Egli non rispose; si era slanciato innanzi come un vero pazzo, sporgendosi mezzo fuor dal bordo, e guardava fissamente con quegli occhi che mandavano strani bagliori.

- «Guardala!... guardala come è bella!» - ripeté.

- Guardai, più spinto dal desiderio di accontentarlo che dalla curiosità. Ebbene,... voi non mi crederete, eppure vidi sorgere in mezzo alla scia della nave, fra la candida spuma, una testa!... Faceva buio, è vero, ma la spuma era bianca, quasi fosforescente, e quella testa spiccava nettamente!... L'ho veduta due volte emergere, poi sparire, e giurerei di aver udito un suono, una voce che mi parve umana.

- Se mi chiedeste se era bella o brutta, se era bionda o bruna, non ve lo saprei dire, poiché lo stupore che provai era così forte da impedirmi di veder bene; ma avevo visto una testa umana: di questo sono certo...

Un beffardo scroscio di risa interruppe papà Catrame: era il capitano che si burlava di lui.

Il vecchio alzò le spalle e continuò:

- Rimasi parecchi minuti come pietrificato, dinanzi a quella inaspettata visione. L'ufficiale mi strappò da quello stupore pauroso, dicendomi:

- «L'hai veduta?»

- Non seppi dir di no e fu male, poiché, appena ebbi fatto quel cenno affermativo, il povero pazzo superò d'un balzo la murata e si slanciò a capofitto in mare, gridando:

- «Eccomi, Manuelita!...»

- Gettai un grido di terrore, e con un colpo di coltello lasciai cadere un gavitello[14]. Il capitano, subito informato, comandò di virare di bordo e di mettere in mare le imbarcazioni.

- Tornammo sul luogo; ma tutte le nostre ricerche furono vane: il povero pazzo non ricomparve più mai alla superficie!...

- Era stato proprio affascinato da una sirena? - chiesero i mozzi.

- Chi può dirlo? - rispose papà Catrame. - Io non ho potuto vederla bene, essendo la notte oscura; ma... forse i nostri vecchi non hanno inventato le sirene!

Il capitano fece ancora udire il suo riso beffardo.

- Sai cos'era quella testa, papà Catrame? - disse poi.

- Non lo so, - rispose il mastro, bruscamente.

---

14 Salvagente.

- Era quella di una foca!

- Sarà, ma non lo credo.

Sì, papà Catrame, era una foca dello stretto di Bass; e aggiungerò, per meglio convincerti, che in quel braccio di mare sono numerose quanto le tinche dei nostri stagni e che di notte si può scambiare la loro testa rotonda con quella di una creatura umana. Sei persuaso?

Il mastro non rispose né sì, né no, ma ci lasciò, brontolando più del solito.

Il serpente marino

Anche la nona sera, mastro Catrame fu puntuale come il cronometro di bordo. Battevano le otto quando si vide il suo berretto, vecchio di almeno mezzo secolo, spuntare dal boccaporto, poi apparire quel lungo corpo magro, ma ancora robusto.

Si spinse fino a prua per osservare lo stato del mare e del cielo, fece bracciare la vela di parrocchetto onde prendesse più vento, diede uno sguardo alla bussola per accertarsi dell'esattezza della ruota, poi accese la sua pipa e andò a sedersi al suo solito posto, sul trono, come diceva scherzando l'equipaggio.

Pochi istanti dopo, tutto l'uditorio era a lui d'intorno, poiché la curiosità non scemava, anzi cresceva ogni sera, e tutti avrebbero voluto che il capitano prolungasse ad altri giorni ancora la pena del povero vecchio, quantunque certe volte avesse narrato delle storie così lugubri da sconvolgere il sangue a più d'uno e mettere indosso a tutti delle brutte paure.

Papà Catrame doveva, durante il giorno, aver già pensata e preparata la sua novella, poiché, appena seduto, senza preamboli e senza farci attendere, come era solito, disse:

- Vi narrerò questa sera l'incontro da me fatto d'un mostro spaventevole, di cui si sono occupati a lungo i così detti scienziati, alcuni affermandone l'esistenza e altri negandola spudoratamente. Non intendo parlare di uno di quei mostri immensi che i popoli nordici chiamano kraken, né di quello segnalato da Olaus Magnus, vescovo di Upsala, e che si disse avesse un miglio di lunghezza e somigliasse più a un'isola che a un pesce; né di quell'altro veduto da un prete scandinavo e sul cui corpo celebrò la santa messa, avendolo scambiato per una roccia. No: papà Catrame è più ragionevole di quello che sembra, né è poi tanto credenzone quanto lo giudica il signor capitano, e a frottole così colossali non presta fede.

- Non dico che quei due santi uomini non possono aver veduto dei mostri enormi, forse simili a quello incontrato dal comandante dell'avviso a vapore Alecto, fra Madera e le isole Canarie, or son pochi anni, e di cui si conserva ancora un pezzo di coda o di braccio a Santa Croce di Tenerife; quello era un polipo, grandissimo sì, ma non tale da scambiarlo per un'isola. Lasciamo però andare questi kraken delle leggende nordiche e occupiamoci del mio mostro.

- L'hai proprio veduto tu? - gli chiese il capitano, che prestava una profonda attenzione.

- Coi miei occhi.

- Di giorno?

- Di notte: c'era però la luna e ci si vedeva abbastanza bene.

- Allora cominciano a nascermi dei dubbi.

- E quali, se è permesso conoscerli? - chiese il vecchio con tono risentito.

- Te li dirò più tardi; ora prosegui perché non sappiamo ancora di quale mostro tu intenda parlare.

- Ebbene, avete mai udito parlare del serpente marino?

- Sì, sì, - esclamarono tutti.

- Credete alla sua esistenza?

Nessuno rispose; tutti ci guardammo l'un l'altro in viso, non sapendo dire né sì, né no; ma sono certo che i più inclinati al meraviglioso, come tutti i marinai, avrebbero risposto in modo affermativo, piuttosto che negativamente.

- Forse non credete, - riprese papà Catrame; - ma avete torto, poiché, ve lo ripeto, l'ho veduto io coi miei occhi. Come dissi, l'esistenza di questo mostruoso serpente fu messa lungamente in dubbio anche dai più vecchi marinai; però alcuni affermarono, in epoche diverse, di averlo incontrato. Le opinioni loro naturalmente sono disparate: altri dicevano che era lungo più di mille metri, altri cinquecento: altri riducevano la misura a più modeste proporzioni, a cento, a cinquanta; non però a meno.

- Chi dice che è dotato di una forza così potente da stritolare fra le sue spire un vascello; chi invece essere gelatinoso come i polipi e senza consistenza; alcuni narrano di essere stati assaliti e altri di averlo invece veduto fuggire, appena s'accorse di essere stato scoperto. L'equipaggio di una nave danese affermò di averne tagliato a mezzo uno con un colpo di sperone e che le due parti perdettero tanto sangue da arrossare il mare per un tratto di mille metri quadrati.

- Bum! - esclamò il capitano. - Aveva una cantina nel corpo quel serpente?

- Non ne so più di voi, - rispose serio serio papà Catrame. - Quanto a me, non presto che una fede molto relativa a tutti questi racconti. Ora lasciatemi proseguire e non m'interrompete, se desiderate che me la sbrighi presto, poiché sento che la mia lingua s'ingrossa con questo faticoso esercizio, e se non mi affretto a dire, finirò di perderla.

- Navigavo da circa tre anni a bordo di un barco maltese, che faceva dei lunghi viaggi in America, nell'Estremo Oriente e anche nel grande Oceano Pacifico; un buon veliero, forse il migliore che io abbia montato in tanti anni di navigazione, e comandato dal più amabile capitano che abbia conosciuto.

- Durante questo lungo tempo nulla di straordinario era accaduto. Navigavamo come tranquilli passeggeri che vanno a diporto pel mondo, anziché come poveri marinai, e mangiando bene e bevendo meglio, senza mai aver incontrata una di quelle formidabili tempeste che fanno rizzare i capelli ai più coraggiosi e stringere il cuore anche a chi non è alle prime sue armi.

- Il capitano, che era un epulone e anche un mattacchione, offriva di quando in quando dei banchetti al suo equipaggio, o delle bicchierate memorabili che facevano dei grandi vuoti nella sua cantina. Quando poi il tempo era tranquillo e la notte illuminata dalla luna, non mancava mai d'improvvisare delle feste da ballo fra l'albero di trinchetto e quello di mezzana.

- Un giorno, mentre ci disponevamo a lasciare l'isola di Tonga, che fa parte, anzi è la principale, del gruppo omonimo, un capo indigeno, a cui avevamo fatto dei regali, ci mandò a bordo due granchi ladri.

- Cosa sono i granchi ladri? - chiedemmo tutti, eccettuato il capitano, il quale senza dubbio sapeva cos'erano.

- Ve lo dico subito in quattro parole, - rispose il mastro. - Sono dei granchi grossi assai, con delle morse così potenti che spaccano una noce di cocco colla massima facilità. Vivono in grande numero nelle isole dell'Oceano Pacifico, presso alle spiagge, onde essere più vicini agli alberi di cocco, sui tronchi dei quali si arrampicano per mangiare le frutta.

- Gli isolani sono ghiotti della loro carne e li cercano avidamente; se poi sia eccellente o no io lo ignoro, non avendone mai assaggiata.

- Ma, - disse il capitano, - cosa c'entrano qui i birgus latro (questo è il vero nome di quei granchi) col serpente di mare? Tu divaghi, papà Catrame.

- C'entrano per qualche cosa, signore, - rispose il mastro, - poiché furono quei due granchi a chiamare sul nostro veliero le disgrazie.

- E come mai?

- Io non lo so; il cuoco di bordo mi disse con tutta serietà che quelle bestie portano sfortuna e non si è ingannato, poiché dopo la loro comparsa cominciarono tempeste, disgrazie e facemmo l'incontro del serpente di mare.

- Oh! diamine! - esclamò il capitano, schiattando dalle risa.

- Lo vedrete fra poco, - rispose il mastro sempre serio e grave. - Passo sopra alle tempeste che ci assalirono poco dopo, ai due o tre marinai che si ruppero le braccia e le gambe sempre per colpa di quei granchi che ci avevano attirato addosso l'ira del re del mare (tal è almeno la mia convinzione, poiché si dice fra gl'isolani, che siano quei crostacei i suoi favoriti), e vengo al punto più interessante.

- Se ben mi ricordo, stavamo attraversando quel tratto di oceano che si estende fra le isole dell'arcipelago di Mendaña e la costa d'America, quando una sera, mentre stavamo danzando e bevendo in buona allegria, si verificò un fenomeno che non solamente ci sorprese, ma ci spaventò assai.

- Il nostro legno filava quattro o cinque nodi all'ora, spinto da buon vento largo, quando a poco a poco rallentò la corsa, finché rimase quasi immobile sul tranquillo mare!

- Dapprima credemmo che il vento fosse improvvisamente cessato, ma i mostravento[15] spiegati sulla cima degli alberi indicavano il contrario, e poi le vele erano sempre gonfie, segno evidente che tiravano ancora. Meravigliati d'un tal fatto, che per noi tutti era inesplicabile, ci precipitammo verso prua per vedere se qualche ostacolo si opponeva alla corsa del nostro legno: nulla appariva.

- Gettammo la sonda per vedere se vi era qualche banco, ma lo scandaglio non toccò fondo, quantunque fosse sceso a quattrocentocinquanta braccia. Guardammo a poppa, temendo che qualche mostro si fosse aggrappato al timone, e nulla si vide che potesse convalidare il nostro sospetto.

- Nessuno sapeva spiegare quello strano e sorprendente fenomeno. Alcuni dicevano che qualche grande polipo si era attaccato alla nostra chiglia e ci aveva fermati; altri dicevano che forse il mare era in quel punto così denso da impedirci di avanzare e che per conseguenza dovevamo virare di bordo; ma erano sciocchezze a cui nessuno prestava fede.

- Il nostro barco rimase quasi immobile per un buon quarto d'ora, poi tutto d'un tratto si mise a veleggiare colla primiera velocità. Però, allorché si mosse, vedemmo a poppa il mare gonfiarsi e ribollire, e un marinaio assicurò di aver veduto qualche cosa di nerastro agitarsi fra la spuma, come un braccio smisurato o un immenso cilindro.

- Ci aveva fermati qualche mostro marino di nuova specie, e non altro. Per quella sera però nulla potemmo sapere.

---

15 Specie di banderuole che si collocano sulla cima degli alberi.

- Durante tutta la notte l'intero equipaggio vegliò sul ponte, giacché nessuno pensava a dormire, e parecchi uomini si tennero armati di ramponi e di carabine. Nulla accadde, fino verso le due del mattino. Allora, un gabbiere che si era arrampicato sulla crocetta dell'albero di trinchetto, asserì di aver veduto, appena un miglio sottovento, un cono ergersi dal mare, simile ad una tromba marina. Non ho potuto constatare il fatto coi miei occhi: ma mi sembra tuttavia che potesse essere una tromba, giacché il vento era leggero, l'oceano tranquillo o quasi, e il cielo sgombro di ogni nube.

- Verso l'alba però vidi il mare sollevarsi sotto la poppa del nostro legno e intesi distintamente una specie di fischio, poco meno acuto di quello che ordinariamente emettono i serpenti.

- Questo nuovo fenomeno ci spaventò e anche il nostro capitano cominciò a impensierirsi, tanto più che si sospettava la presenza d'un mostro marino.

- Virammo di bordo cambiando rotta, colla speranza di fargli perdere le nostre tracce, ed infatti il nostro barco filò verso nord senza incidenti durante tutta la giornata. Già ci rallegravamo di essere scampati a quel misterioso pericolo, quando, due ore dopo calato il sole, ecco la nostra nave a poco a poco arrestarsi e poi oscillare abbastanza fortemente da bordo a tribordo.

- Il nostro stupore si cambiò in una vera paura da non potersi descrivere. Dal capitano all'ultimo mozzo erano tutti pallidi ed io tremavo più degli altri.

- Guardammo tutto intorno alla nostra nave, ma nulla appariva a fior d'acqua. Eppure il rollio continuava e tanto che credemmo di venire da un istante all'altro gettati in mare e subissati.

- L'oscurità accresceva la nostra paura: il cielo si era coperto e la luna e le stelle non proiettavano sulla nera superficie dell'oceano nessun chiarore che permettesse di distinguere alcuna cosa con precisione.

- Più tardi, la nostra attenzione venne attirata da un potente fischio che veniva dal largo. Corremmo tutti a prua stringendo le armi, credendoci assaliti dal misterioso mostro che ci seguiva con tanta ostinazione.

- Là, a sole due gomene da prua, un mostro enorme, che non si poteva ben distinguere in causa dell'oscurità, navigava in modo da tagliarci il passo, ruttando una specie di nebbia o di fumo.

- Si teneva quasi tutto sommerso; ma dietro alla sua testa che poteva essere lunga venti metri, vedevamo distendersi sul mare un corpo lungo lungo, serpeggiante, che si perdeva verso il Nord. Non so quanto misurasse tutto intero poiché, come dissi, la notte era oscura; ma io non esito ad affermare che superava un miglio.

- «Virate di bordo!» - tuonò il capitano con voce strozzata per l'emozione.

- Non so come, in meno di venti secondi la manovra fu eseguita e il nostro legno fuggì verso il Nord; ma percorse sei o sette gomene, si trovò dinanzi alla coda del mostro che fu tagliata nettamente per metà e con una facilità tale che nessuno di noi s'accorse del menomo urto!...

- Era di burro quel serpente? - chiese il nostro capitano, guardando con aria ironica mastro Catrame.

- Di burro!... Vi basti sapere che al mattino trovammo nella sentina un piede d'acqua entrata da due fori perfettamente regolari, del diametro di quindici o venti centimetri, aperti uno a babordo, un po' sopra il paramezzale, e l'altro a poppa. Ditemi che specie di denti aveva quel serpente di burro.

- E siete andati a picco? - chiedemmo.

- No, - rispose papà Catrame. - Ci riuscì facile chiudere quei due fori e asciugare la stiva col mezzo delle pompe; ma tale fu lo spavento provato da quell'incontro, che parecchi marinai si ammalarono.

- Io sarò un credulone, ma dico che, se quei due granchi non fossero stati a bordo, chissà, il re degli abissi marini non ci avrebbe mandato addosso quel formidabile serpente, la cui esistenza molti mettono in dubbio.

Ciò detto, il vecchio scese dal barile e fece per andarsene; ma il capitano, che da qualche minuto era diventato pensieroso, lo fermò con un gesto.

- Una spiegazione? - chiese il vecchio, aggrottando la fronte.

- Forse.

- Non credereste a ciò che vi ho narrato?

- Non credo al tuo serpente, il quale non esiste che nel cervello degli ignoranti.

Mastro Catrame alzò il suo curvo dorso, puntò le mani sui fianchi guardò il suo eterno contraddittore con un'aria di sfida.

- Che fossimo tutti ciechi! - esclamò. - Spiegate voi adunque questo fenomeno!

- Sì, - disse il capitano, come parlando fra se stesso, - deve essere così... ne sono certo... Ebbene, - riprese poi ad alta voce e sostenendo serenamente lo sguardo fosco del vecchio, - ti spiegherò io tutto.

- Non posso assicurare per quale motivo la vostra nave sia stata fermata e scrollata; ma io ritengo che si fosse aggrappato alla vostra chiglia qualche mostro fornito di braccia potenti, un polipo gigante, per esempio, oppure un cefalopodo. Questi polipi hanno dei tentacoli che raggiungono e talvolta sorpassano una lunghezza di dieci metri, sono dotati di una forza straordinaria e possono far oscillare una nave anche grossa. Il caso non sarebbe nuovo.

- Ammettiamolo, - rispose il mastro.

- In quanto al serpente marino vi siete tutti ingannati, cominciando dal tuo amabile capitano. Sono convintissimo che voi abbiate incontrato nient'altro che una pacifica balena, occupata a pranzare fra un banco di alghe. Le dimensioni del capo del preteso serpente, che era invece l'intero corpo del cetaceo, le nubi di vapore, che lanciava dagli sfiatatoi, e il fischio acuto bastano per dimostrare che io non mi inganno.

- La coda del serpente non era altro che un lungo banco di alghe, eccellente pastura delle balene; se così non fosse, la vostra nave non avrebbe tagliato l'appendice del mostro smisurato. Hai veduto tu quella coda contorcersi o sollevare ondate quando la vostra nave la investì?... Dimmelo francamente, papà Catrame.

- No, - rispose il mastro, che si grattava furiosamente la testa, - ma quei due buchi?...

- Quei due buchi!... Ecco il punto oscuro. Un polipo non può averli fatti, un cetaceo nemmeno, un pesce-spada no, quantunque sovente pianti il suo corno nella carena delle navi, ma senza riuscire ad attraversarla e... Ah!... ah!... Questa è bella!...

- Ridete! - esclamò il mastro.

- Vi è da ridere, papà Catrame, e come!... - rispose il capitano. Dimmi: li avevate mangiati i due granchi ladri?...

- I due granchi!... - mormorò il mastro, che parve colpito. - Ma no, perbacco!... Erano chiusi in una cassa e...

- Cosa vuoi dire?

- Che quando asciugammo la sentina, li trovammo nascosti colà. I furboni avevano rotto la cassa; eppure era grossa e solida.

- Sappi allora, papà Catrame, che il vostro legno era stato sabordato[16] dai due fuggiaschi. Avevano sete, e colle loro robuste morse, che fendono le durissime noci di cocco, hanno praticato quei due buchi per bere. Ah!... vecchio mio, che granchio hai preso!... Va' a dormire e per domani sera prepara qualche cosa di meglio.

Il mastro non fiatava più: guardava il capitano come trasognato, con certi occhi che parevano quelli d'un pazzo.

Quando si alzò, lo udimmo mormorare:

- Decisamente colle mie novelle non farò mai fortuna!...

Quella notte, non so per qual capriccio, il vecchio non discese nella sua cala e dormì sul ponte, fra due velacci e un rotolo di gomene.

---

16 Termine marinaresco che significa «bucato».

Le murene

Anche durante il giorno papà Catrame rimase sempre sul ponte, passeggiando con gravità da prua a poppa, lungo la murata di tribordo, che era il suo riparto favorito, avendo sempre manifestato, non so per quale motivo, una avversione decisa per quella di babordo. Fumò senza interruzione, lasciò andare un paio di sonori scapaccioni ai mozzi, perché si erano permessi di interrogarlo sul titolo della decima novella; ma non scambiò una parola con nessuno. Pareva preoccupatissimo, assorto in profonda meditazione, tanto da non darsi pensiero né della nave, né dell'equipaggio, né della manovra.

Ci voleva poco a capire che era di umore non troppo buono e che quei continui smacchi che gli venivano dal nostro capitano gli bruciavano. Ma forse più di tutto gli pesava la smentita recisa all'esistenza del famoso serpente di mare, così miseramente fatto naufragare dal suo eterno contradditore. Mi provai ad interrogarlo, ed egli mi salutò senza rispondere. Per rabbonirlo un po' gli offersi un sigaro; lo prese ringraziandomi con un cenno del capo, se lo cacciò mezzo in bocca, ma proseguì la sua passeggiata sempre accigliato, sempre pensieroso.

All'ora dei pasti non venne a sedere fra noi; si prese la sua razione, la fece sparire in otto bocconi, poi continuò il suo avanti e indietro colla precisione d'un orologio.

Non si fermò che alla sera, allorquando la soneria di bordo fece udire le otto ore. Allora si assise sul barile e attese l'uditorio, tenendo gli occhi fissi sul ponte.

- Papà Catrame ha il cervello in burrasca, - disse il nostro capitano, sedendosi dinanzi all'albero. - Ma, bah! la faremo passare raddoppiando la razione di Cipro. Ehi, camerotto! Due bottiglie pel mio vecchio mastro!... Stasera voglio che beva un paio di bicchieri di più!

Udendo quel comando papà Catrame alzò il capo, facendo una smorfia di allegrezza (vi dico tra parentesi che era pazzo pel Cipro del nostro comandante e non aveva torto, essendo proprio di quello buono); poi aprì gli occhi, che fino allora aveva tenuti socchiusi, ed emise un brontolìo di soddisfazione.

- Udiamo adunque, vecchio mio, la decima novella, - disse il capitano. - Vediamo se stasera c'è qualche cosa da spiegare senza farti andare in bestia.

Mastro Catrame si lisciò la bianca barba, tossì tre volte, poi guardando fisso il capitano gli disse:

- Questa sera non spiegherete nulla.

- E perché, se è lecito saperlo?

- Perché la storia è autentica e non può avere altra spiegazione che la mia.

- Di che si tratta adunque?

- Di un altro vascello che fu improvvisamente fermato, mentre navigava a gonfie vele sul libero mare.

- Da uno scoglio?

- No: da un pesce che da molti secoli gode fama di arrestare i più grandi legni.

- Oh, diavolo!... - esclamò il capitano ironicamente. - Cosa può essere mai? Udiamo questo interessante e meraviglioso fatto. Ti assicuro che ecciti la mia curiosità, papà Catrame.

Il vecchio mastro, a cui non era sfuggito l'accento ironico del nostro amabile capitano, scrollò le spalle con una cert'aria da impiparsene e diede la stura alla sua decima novella.

- Sono trascorsi da quell'epoca cinquant'anni, - diss'egli, - eppure il fatto toccatomi l'ho presente come se fosse accaduto ieri, e se volete sapere perché lo ricordo tanto bene, vi dirò che da quel giorno porto una traccia profonda sul mio braccio destro, una cicatrice, che ancora, specialmente quando il tempo si cambia, mi fa provare degli acuti dolori.

- Voi tutti saprete forse cos'è una giunca, e se lo ignorate vi dirò che è un bastimento cinese dalle forme quadre e pesanti, d'una costruzione tutt'altro che sicura, che porta vele formate da giunchi intrecciati e due alberi irti di banderuole d'ogni dimensione o di teste di drago orribili.

- Per una circostanza che è inutile vi riferisca, ero rimasto a Canton, che è una delle più ricche città dell'Impero Celeste, senza imbarco.

- La terraferma mi era diventata odiosa allora come oggi, e non sentendomi sotto i piedi il ponte rollante d'un vascello, soffrivo come se mi trovassi sui carboni ardenti; quindi era necessario prendere un imbarco, se non volevo ammalarmi e morire di noia. Aggiungo poi che la questione pecuniaria s'imponeva seriamente, poiché io ho avuto sempre l'abitudine di non mettere da parte uno spicciolo. E infatti, che dovevo farne io dei risparmi? Poiché si ha da morire nella gran tazza, è meglio andarsene colle tasche vuote, visto e considerato che laggiù, in fondo agli abissi, mancano le taverne, e che i pesci non vendono bottiglie. Vi pare?

- Benissimo, perbacco! - esclamarono i marinai.

- Or dunque, eccomi a bordo di quella pesante carcassa, in compagnia d'una dozzina di marinai color dello zafferano e dalle zucche pelate, e sotto gli ordini d'un imponente capitano nanchinese, grasso come un rinoceronte, con una coda lunga un metro e sessantasei centimetri, e un paio di baffi senz'anima che gli scendevano fino alla cintola. Senza che ve lo dicessi, voi sapete che i baffi di tutti i cinesi non hanno fibra dura e che, invece di tenersi ritti, si curvano umilmente verso terra. È questione di razza.

- Ve lo figurate voi il vecchio Catrame, cioè no, poiché allora io ero giovane e la mia barba era ancora nera e la mia zucca capelluta, ve lo figurate, dico, in compagnia di quel codato equipaggio, che quando parlava strideva come una lima che morde il ferro e gorgogliava come la gola d'un capodoglio? Poi mangiava tutto il giorno riso, servendosi di certe bacchettine d'avorio, e tutte le sere s'ubriacava sconciamente d'oppio. Eh, se non ci fossi stato io a raddrizzare di quando in quando la ribolla del timone o a dirigere la rotta, non so dove quella povera giunca sarebbe andata a finire.

- Ma io divago un po' troppo, come diceva ieri o l'altra sera il capitano, - riprese papà Catrame, gettando uno sguardo malizioso sul nostro comandante, - e perciò torno all'argomento, tanto più che comincio a sbadigliare a mo' di un orso che non dorme da tre settimane.

- Adunque avevamo lasciato Canton diretti alle coste orientali dell'Australia, onde cercare quei molluschi che somigliano a un cilindro, coriacei, buoni da nulla, ma che i cinesi apprezzano più dei topi salati, del giovane cane in stufato e della salsa di giang-seng. Si chiamano... Corpo di Giove!... hanno un nome così barbaro da far disperare un galantuomo... Ah!... sì...

- Oloturie o trepang, - disse il capitano.

-Benissimo..., proprio così;... olea..., olo... Orsù, la mia lingua s'ingrossa coi nomi barbari e non vuole pronunciarli; ma non importa l'ha detto il capitano per me.

- Bene o male, eravamo giunti sulle coste australiane, e dopo due mesi avevamo fatto un carico completo di quei molluschi. Sciogliemmo le vele verso il Nord, impazienti i miei camerati celestiali di rivedere le cupole a scaglie di ramarro della loro Canton ed io di piantare quella poco allegra compagnia e la carcassa che l'imbarcava.

- Eravamo giunti nei pressi dello stretto di Torres e stavamo per imboccare quel pericoloso passo, quando vidi il capitano curvarsi parecchie volte sul coronamento di poppa e fare dei segni bizzarri.

- Sorpreso e curioso, lo interrogai; ma era cosa tutt'altro che facile l'intendersi; sicché non riuscii a comprendere nulla. Per istinto però sentivo che qualche cosa di serio era avvenuto o stava per avvenire.

- Infatti verso sera la nostra giunca, che pur era una discreta veliera, a poco a poco cominciò a rallentare la corsa, come il vascello di cui vi parlavo nel mio precedente racconto.

- Andai a trovare il capitano, che era seduto a poppa, per sapere il motivo di quel rallentamento, ed egli si accontentò di fare un gesto che poteva tradursi con un: Aspettiamo, ché nulla posso fare. Mi rivolsi all'equipaggio, e tutti mi fecero un gesto eguale. Lo sapevano il motivo o no? Non ne so più di voi.

- Intanto la giunca rallentava sempre; sentivo sotto la carena un certo dondolio che nulla di buono pronosticava; eppure il vento soffiava sempre e il mare era tranquillo entro lo stretto.

- Salii sulla prua per meglio conoscere e spiegare quello strano fenomeno, quando il legno si arrestò così bruscamente da farmi fare una brutta volata in mare.

- Allorché tornai alla superficie mi sentii afferrare per un braccio e penetrare nelle carni certi denti aguzzi come lame e solidi come fossero d'acciaio. Allungai la mano libera e afferrai una specie di serpente lungo lungo; si dibatteva il mostro, ma le mie dita erano robuste e non lasciai la preda finché non la sentii come morta.

- I celestiali, che si erano accorti del mio salto involontario, vennero in mio aiuto con un canotto e mi trasportarono a bordo insieme col serpente. Voi forse direte che io sognavo; eppure, appena misi i piedi sul ponte, la giunca riprese le mosse e continuò a navigare colla celerità di prima. Indovinereste quale pesce avevo strangolato?

- No, - risposero tutti.

- Una murena, che misurava due metri di lunghezza!...

Guardammo papà Catrame, che si era arrestato, chiedendogli cogli occhi che cosa voleva dire; egli invece guardava noi, stupito della nostra sorpresa.

- E che! - esclamò egli con superbo disprezzo, - forse che non sapete cos'è una murena?

Un coro di proteste si alzò fra l'equipaggio:

- È un'anguilla!...

- Ne abbiamo viste delle centinaia.

- Ne abbiamo mangiate delle dozzine.

- E dunque! - esclamò il vecchio. - Non sapete che le murene arrestano le navi? Ma che razza di marinai siete voi (non parlo degli ufficiali), da ignorare una cosa simile? Ne parlavano persino i romani, ai tempi di Remo e di Romolo, due fratelli stati allattati da non so quale bestia: e voi, dopo non so quante migliaia d'anni che questo fatto è constatato, voi, che siete o vi dite uomini di mare, non conoscete ancora la potenza delle murene? Domandate un po' al capitano se non fu una murena ad arrestare una nave di non so quale condottiero romano, mentre inseguiva non so quale principe, o console, o imperatore. Oh! che ignoranti!...

I marinai, confusi, rossi fino agli orecchi, guardarono il capitano, che penava a frenare le risa.

- Papà Catrame ha ragione: la storia ha registrato il fatto citato, - rispose questi.

Il mastro lasciò andare due poderosi pugni sul barile e parve che fosse per impazzire dalla contentezza, a quella solenne affermazione del nostro comandante.

- Avete capito, ragazzacci increduli? - esclamò con aria trionfante. - Perfino i romani del signor Remo e del signor Romolo conoscevano queste cose.

- Sì, - disse il capitano, - tutti gli antichi popoli si sono occupati e non poco delle murene, ed affermarono che queste specie di anguille sono capaci di arrestare una nave, e la storia cita parecchi fatti.

- E anche le adoravano, le murene, - disse il mastro.

- Sì, ma per ghiottoneria, - rispose il capitano. - Gli opulenti romani le allevavano con cura in certe piscine appositamente scavate, le nutrivano senza risparmio, somministrando loro perfino carne umana, davano a ciascuna un nome e le ammaestravano, onde accorressero a baciare le loro mani. La bizzarria di non so più quale imperatore romano giunse al punto di adornare le sue murene con pendenti d'oro.

- Udite! - esclamò il mastro.

Ad un tratto il capitano incrociò le braccia e, cangiando tono, disse:

- Papà Catrame, ora basta! Che i romani ed altri popoli abbiano creduto che le murene fossero così potenti da arrestare una nave, padronissimi. Ma credi tu che noi prestiamo fede a simili corbellerie? Ah no, perbacco! Vecchio Catrame, t'inganni!

Il mastro, che era all'apogeo del suo trionfo, a quel cambiamento di tono e a quelle parole illividì, e per poco non cadde dal barile.

- Ma... come... i romani... - borbottò con un filo di voce

- Lascia andare i romani e le loro corbellerie. Io ti dico che sei pazzo se credi che la tua giunca sia stata fermata dalla murena che ti morse. Nell'Oceano Pacifico questi pesci sono grandi assai, ma incapaci di fermare nemmeno una barca.

- Eppure la giunca...

- Si è fermata, vuoi dire. Io non so per quale motivo e fenomeno, ma suppongo che navigasse sui bassifondi dello stretto, e tu sai che in quello di Torres sono numerosi; la marea, che forse in quel momento montava, vi avrà rimessi a galla dopo pochi minuti. Ma levati dal capo la credenza che sia stata una murena. I vecchi marinai, imbevuti di pregiudizi ed attaccati alle antiche leggende, possono ancora prestare fede alle murene: noi no, papà Catrame... Prendi le tue due bottiglie e va' a riposare la lingua e le stanche membra.

Il mastro non fiatò più. Si terse due goccioloni di sudore, non so se caldi o freddi, prese le sue due bottiglie e discese barcollando nella sua cala.

La nave-feretro sul mare ardente

Le dure smentite del nostro capitano, il quale per altro non mirava che a dissipare la nebbia d'antichi pregiudizi a pro del nostro equipaggio, al pari di tutti gli altri fuor di misura ignorante e credulone, dovevano aver prodotto un profondo effetto sul povero condannato.

Infatti l'indomani papà Catrame non comparve sul ponte, e quando fu sera non lasciò la cala. Lo si mandò a chiamare dieci volte di seguito, ma fu inflessibile. All'undicesima tirò dietro al camerotto tutte e due le scarpe e alla dodicesima scagliò alle gambe d'un timoniere, che era sceso per persuaderlo a salire, tutta la sua batteria di bottiglie, vuote, intendiamoci.

Il capitano lo lasciò fare, gli mandò anzi due fiaschi del vino suo più gradito, che il vecchio orso accolse con un brontolio di contentezza e che vuotò subito, poiché mezz'ora dopo lo udimmo russare con tal fracasso da destare l'eco nella stiva.

Il secondo giorno però, o, meglio la seconda sera, il mastro, riconoscente alla cortesia del nostro allegro capitano, salì in coperta. Pareva contento: aveva un sorrisetto misterioso sulle labbra e lanciava sul capitano degli sguardi maliziosi. Che in quelle ventiquattro ore di riposo avesse scavato, nei suoi vecchi ricordi, qualche fatto da imbarazzare il suo eterno contraddittore? Io lo sospettai vedendolo così di buon umore, mentre tutti credevano che fosse imbronciato.

Quando ci vide attorno al suo barile, il suo sorriso misterioso divenne più marcato e nei suoi occhietti grigi brillò un lampo.

- Restano ancora due sere per espiare la mia pena, - cominciò egli. - Ho narrato dei fatti a me succeduti e mi avete riso sulla faccia come se vi narrassi delle frottole inventate nell'oscurità della cala; ho citato nomi ed autori e voi avete voluto sfatarli; ho creduto di divertirvi e invece mi avete trattato come un buffone di qualche tirannello africano o peggio. Ritorno quindi alle storie lugubri e paurose: quelle almeno sono certo che non le spiegherete, e chi non vuole udirmi, vada a dormire. M'avete capito?

- Se papà Catrame spera di vederci andare a dormire per risparmiare il resto della sua pena, s'inganna, - disse il capitano. - Io rimango e aspetto l'undicesima novella.

- Anche noi! - esclamarono in coro i marinai, che non avrebbero lasciati i loro posti nemmeno per dieci boccali del miglior vino.

Papà Catrame fece un gesto dispettoso, ma dovette rassegnarsi, poiché nessuno si moveva. Storie allegre o tristi, doveva narrarle tutte.

- Sta bene, - diss'egli coi denti stretti; - ma forse vi pentirete. La novella di stasera s'intitola: «La nave-feretro sul mare ardente».

- Che storia è mai questa! - esclamò il capitano. - Tu vuoi proprio spaventare i mozzi.

- Tanto meglio, - rispose il mastro ruvidamente. - A chi non accomoda il titolo, vada a dormire.

- Con tuo permesso rimarremo tutti qui, vecchio brontolone.

Papà Catrame scrollò le spalle, si raccolse per alcuni istanti, poi cominciò:

- Vi narrerò un'avventura assai bizzarra, forse la più strana che mi sia toccata in tanti anni di navigazione, e che non fui capace di spiegare mai, quantunque mi sia torturato il cervello non so quante volte. Voglio vedere se il nostro capitano è capace di fare un po' di luce su questo tenebroso fatto.

- Speriamolo, papà mio, - disse il capitano. - Bada però che sia una storia vera.

- È toccata a me, e questo può bastarvi per credere alla esattezza dell'avventura. Ditemi innanzi tutto: avete mai udito parlare della nave-feretro? Si dice, e non da ora, ma da molti, moltissimi anni, che di quando in quando si incontra un vascello tutto nero che veleggia da solo, senza aver bisogno d'un equipaggio che lo manovri e lo guidi, che porta con sé un carico completo di feretri.

- Le leggende di molti popoli non solo europei ma anche di altri continenti, dicono che quel vascello fantasma racchiude le salme di marinai morti durante le tempeste, o quelle dei più valenti guerrieri spenti combattendo sul mare per sante cause, o i cadaveri di quegli audaci scorrazzatori del mare che si chiamarono normanni, tutti resti di persone affidate all'oceano da secoli e secoli e riunite sulla nera nave. Cosa ci sia di vero in tutto ciò, io lo ignoro; ma che la nave-feretro esista è vero, poiché io l'ho incontrata e l'ho veduta coi miei occhi.

- Tu! - esclamò il capitano con tono incredulo.

- Io, signore, - rispose il mastro con voce solenne, - io!...

- Udiamo adunque questa bizzarra avventura, - riprese il capitano - Se è vera, non so come potrò spiegarla.

- Non la spiegherete, signore: ve l'assicuro, - rispose il mastro.

Mi ero arruolato su di un brigantino messicano che faceva il traffico con la Cina ed il Giappone, attraversando tre o quattro volte all'anno l'Oceano Pacifico settentrionale. Avevamo lasciato il porto di Callao sul finire della primavera, se ben ricordo, diretti al Giappone, dove contavamo di fare un grosso carico di seta per le bellezze americane.

Il buon vento, che in quella stagione spira quasi sempre in favore delle navi che vanno dall'oriente verso l'occidente, in quindici giorni ci aveva spinto fino al 220° parallelo senza che alcun avvenimento turbasse la calma che regnava a bordo, quando un giorno, pochi minuti prima che calasse il sole, facemmo una strana scoperta.

- Mentre stavamo terminando la nostra cena, un gabbiere che si trovava sulla coffa di maestra occupato a fare un legaccio a un boscello[17], ci segnalò un bastimento che navigava parallelamente a noi, a una distanza di quattro miglia.

- Non era una cosa straordinaria di certo, quantunque in quella porzione d'oceano sia abbastanza raro un tale incontro. Essendosi però il giorno precedente manifestato un guasto nella nostra bussola, il capitano volle approfittare di quella occasione per chiedere alla nave segnalata la giusta rotta, e diresse il brigantino verso il Nord.

- Mezz'ora dopo, noi eravamo ad un miglio dal vascello, sicché potemmo osservarlo a nostro agio. La sua andatura, la sua immersione e la disposizione delle sue vele attrassero la nostra attenzione.

- Era un grande veliero tutto dipinto in nero, coi suoi tre alberi carichi di tela, ma coi

---

17 Specie di carrucola.

pennoni orientati gli uni sottovento e gli altri sopravvento, senza regola, ed era così immerso che l'acqua giungeva fino agli ombrinali[18]. Ma, cosa ancora più sorprendente, non portava alcuna bandiera, e né sul ponte di comando, né sul cassero di poppa, né sul castello di prua, né in coperta si vedeva alcun marinaio.

- Il nostro capitano, ritenendo che gli uomini fossero sdraiati dietro alle murate di babordo o dietro alle imbarcazioni, fece spiegare le bandiere dei segnali, pregando quell'equipaggio invisibile di porsi in panna; ma nessuno apparve!

- Converrete che la cosa era strana. O l'equipaggio si era ubriacato e dormiva della grossa, o quella nave era stata abbandonata per qualche motivo. Eppure senza bisogno di braccia continuava a navigare, filando più di noi. Sparammo un colpo di spingarda, ma non ottenemmo miglior frutto: nessun uomo comparve, nessuno ci rispose.

- Essendo calata in quel frattempo la notte, la nave misteriosa scomparve nelle tenebre; però, qualche ora dopo, e da lontano, scoprimmo parecchie fiammelle che brillavano distintamente fra la profonda oscurità.

- Da che provenivano? Non riuscimmo a saperlo; non essendovi però alcuna terra in vista, arguimmo che quei fuochi dovevano brillare sul vascello poco prima segnalato.

- Lascio immaginare a voi a quante chiacchiere diede luogo quel misterioso incontro. Alcuni dicevano che forse quella nave era montata da pirati, i quali dovevano aver avuto paura di noi; altri che era il vascello fantasma dell'olandese maledetto; altri ancora asserivano invece, e con tutta serietà, che doveva essere la nave-feretro, anzi aggiungevano che appunto in quella porzione dell'Oceano Pacifico era stata incontrata pochi anni prima da un capitano di Acapulco.

- Tutta la notte vegliammo attentamente in coperta, temendo che il triste legno da un istante all'altro ci investisse o ci facesse qualche brutto gioco; ma nulla apparve sulla fosca linea dell'orizzonte. Soltanto un gabbiere assicurò di aver veduto ancora, fra le undici e la mezzanotte, brillare quelle fiammelle che ci avevano tanto spaventati.

- Finalmente l'alba, così ansiosamente attesa, spuntò, e l'oceano apparve completamente libero: la nave incontrata la sera precedente era scomparsa!...

- Trascorsero tre giorni, durante i quali essa più non riapparve, benché l'equipaggio intero vegliasse attentamente e per turno, ed un uomo si tenesse sulla crocetta di maestra, munito d'un potente cannocchiale.

- Cominciavamo già a rassicurarci, quando al tramonto del quarto giorno il nostro timoniere gridò:

- «Nave sottovento!...»

- Salimmo tutti in coperta e distinguemmo infatti, verso il Nord, un tre-alberi di dimensioni non comuni; ma la distanza era tale da non permetterci di osservarlo minutamente.

- Un gabbiere si issò sulla crocetta e puntò un cannocchiale in quella direzione.

- «È la nave-feretro!» - esclamò.

- «Mettete la prua al Nord e si spieghino i coltellacci e gli scopamari[19]!», - comandò il nostro

---

18 Piccoli fori aperti a fior della coperta e che servono di scolo all'acqua.
19 Vele supplementari che si aggiungono alle altre per accrescere la velocità della nave.

capitano. - «Voglio vedere chiaro in questa misteriosa avventura».

- Quantunque fossimo tutti impressionati, anzi, se devo dire esattamente la verità, vivamente spaventati, temendo quell'incontro, obbedimmo, e il nostro brigantino filò come una rondine marina verso il Nord, alla caccia del vascello fantasma.

- La nostra velocità cresceva di minuto in minuto; ma anche quella del vascello inseguito, che forse era meglio costruito e che portava più vele di noi, era rapida, poiché la distanza non scemava che lentamente.

- Anche quella volta giungemmo a un miglio di distanza; indi le tenebre calarono e non riuscimmo più a distinguere nulla. Però avevamo avuto tempo di osservare che il ponte della nave era sempre deserto, che la sua immersione si manteneva come prima, e che i suoi pennoni non avevano subìto alcun cambiamento, quantunque il vento avesse preso diversa direzione.

- Cercammo tutta la notte, ora dirigendoci verso il Nord, ora verso l'Ovest, ma senza risultato; nemmeno le fiamme apparvero, cosicché, non potendo proseguire in modo alcuno, fummo costretti ad abbandonare le nostre ricerche con grande rincrescimento del capitano, che contava di fare una grossa preda, giacché quella nave sembrava abbandonata dal suo equipaggio.

- Noi però eravamo convinti che fosse la nave-feretro ed infatti non dovevamo tardare ad averne la prova

- La sesta sera nulla apparve nel momento in cui il sole tramontava; ma più tardi accadde un avvenimento straordinario, che spaventò tutti, eccetto il capitano.

- Erano le undici. Il nostro brigantino navigava colla velocità ridotta, essendo il vento alquanto forte, e colla prua sempre all'Ovest, quando scorgemmo tutto ad un tratto, ad una grande distanza, un vivo chiarore.

- Si sarebbe detto che il mare era in fiamme, o che sotto le onde splendeva un altro sole, o che avvampava un vulcano. Si vedevano guizzare in tutte le direzioni lingue rosse, azzurre o verdastre. colle selvagge contrazioni dei serpenti; balzavano per ogni dove fasci di scintille ogni volta che le onde fosforescenti s'urtavano, e sotto a quella specie di distesa di bronzo liquefatto, si distinguevano dei ribollimenti strani che parevano prodotti da legioni di mostri contorcentisi.

- Cos'era? Il capitano diceva che era una fosforescenza marina d'un chiarore ammirabile, prodotta da ammassi enormi di certi pesci o da miriadi di uova; ma nessuno di noi gli credeva, quantunque non ignorassimo che anche gli scienziati hanno dato tale spiegazione di siffatto fenomeno.

- Ci dirigemmo a quella volta e, giunti sull'estremo lembo di quel mare ardente o fosforescente che fosse, vedemmo ferma, proprio nel mezzo, una massa nera che spiccava nettamente su quel fondo scintillante. La riconoscemmo di colpo.

- «La nave-feretro!» - gridammo tutti.

- «Finalmente!» - esclamò il nostro capitano. - «Avanti!»

- Invece di ubbidire, il timoniere lasciò la ribolla e i gabbieri abbandonarono i bracci delle manovre, dichiarando formalmente che nessuno lo avrebbe seguito. Perbacco! Non avevamo alcuna intenzione di andarci ad impacciare col vascello dei morti! E fummo ben contenti di rimanere a bordo.

- Vedendoci risoluti e decisi a ribellarci se avesse insistito, il nostro capitano fece calare una scialuppa in mare e discese solo, dicendoci:

- «Aspettatemi qui adunque: la preda sarà tutta mia».

- Afferrò i remi e con un coraggio ammirabile entrò nel mare fosforescente, dirigendosi verso la nave misteriosa. Arrancava con sovrumana energia, facendo volare sotto i colpi di remo sprazzi di scintille, e teneva gli occhi costantemente fissi sul tre-alberi, che era perfettamente immobile, quantunque avesse sempre le vele sciolte e il vento soffiasse ancora.

- Di mano in mano che la scialuppa si allontanava, invece di sembrare più piccola, sia che un fenomeno d'ottica ovvero il terrore ci falsasse la vista, pareva assumere proporzioni gigantesche e che il nostro capitano diventasse sempre più grande.

- Finalmente lo vedemmo raggiungere la nave, deporre i remi e balzare sopra le murate che erano a fior d'acqua.

- Quasi nel medesimo istante, come se quello fosse stato un segnale, la luce intensa che si stendeva sotto le onde si spense bruscamente, e tutto divenne oscuro come il fondo di un barile di catrame!...

- Il nostro terrore accrebbe smisuratamente quando, in mezzo al profondo silenzio che regnava fra le tenebre, ci giunse agli orecchi un grido acuto che veniva dal largo, come un grido d'orrore.

- L'aveva emesso il nostro capitano, o qualche altro essere umano? Attendemmo col cuore stretto dall'angoscia, ma non udimmo più nulla, né vedemmo ritornare la scialuppa.

- Passarono due, tre, quattro ore, ed il nostro comandante non riapparve. Il terrore cresceva a bordo di momento in momento, e nessuno ardiva slanciarsi verso la nave misteriosa: eravamo istupiditi dallo spavento.

- Verso le quattro udimmo improvvisamente a prua un urto. Facendoci coraggio uno coll'altro, salimmo sul castello e scorgemmo la scialuppa del capitano, che le onde o qualche corrente marina o il flusso avevano ricondotta verso di noi. Gettammo una corda munita d'un uncino e la rimorchiammo fin sotto la scala. Solo allora ci accorgemmo che dentro vi giaceva il nostro capitano!

- Lo portammo a bordo: non dava quasi più segno di vita, era bianco come un cencio lavato, bagnato di freddo sudore e i capelli gli erano incanutiti tutti.

- Abbandonammo subito quei paraggi funesti, temendo che una grave sciagura cogliesse anche noi.

- Al nostro povero capitano vennero prodigate le più affettuose cure, ma non rinvenne che il giorno seguente. Le prime parole che pronunciò furono queste:

- «I feretri!... Quanti feretri!...»

- Poi fu subito assalito da un delirio furioso, durante il quale non faceva altro che parlare di morti e di sepolture. Dai suoi discorsi riuscimmo a capire che quella nave era piena di casse contenenti centinaia di morti.

- Non vi era più dubbio: avevamo incontrato la nave-feretro!...

- Il delirio del nostro capitano non cessò più; il disgraziato era diventato pazzo furioso. Morì tre giorni dopo il nostro arrivo al Giappone e le sue ultime parole furono:

- «I feretri!... I feretri!... Oh! le orribili code!...»

- Ora quel coraggioso capitano, vittima della propria audacia, riposa nel piccolo cimitero europeo di Yokohama. Pace alla sua salma!...

Papà Catrame tacque per alcuni istanti, poi, guardando il nostro comandante, gli chiese a bruciapelo:

- Cosa ne dite voi?...

Il capitano invece di rispondere si alzò, prese papà Catrame per un braccio, lo fece sedere fra l'uditorio e, accomodatosi sul barile, reclamò con un gesto il silenzio di tutti.

Noi, sorpresi per quella novità e curiosi di sapere cosa stava per succedere, aprimmo ben bene gli occhi, tenendoli fissi su di lui. Anche il vecchio mastro era sorpreso, ed era diventato un po' inquieto.

- Dovete sapere, miei lupicini, - cominciò il nostro capitano, - che esiste un popolo industriosissimo, d'una frugalità senza pari, di un'avarizia incredibile, il quale ha una tendenza assai accentuata per l'emigrazione.

- La terra che egli occupa è d'una fertilità prodigiosa, le sue ricchezze minerali sono incredibili, l'industria occupa milioni di braccia; ma non basta per mantenere tutto quel popolo, che è il più numeroso dell'Asia, poiché la sua cifra ascende a circa quattrocentocinquanta milioni.

- Adunque una parte di quel popolo è costretta ad emigrare, sebbene la sua emigrazione non sia di lunga durata. Lascia la patria momentaneamente, invade le contrade più ricche del globo, si adatta a tutti i lavori dai più lucrosi a quelli più meschini, mangia quel tanto che basta per tenersi in piedi, accumula soldo su soldo, e un bel giorno ritorna all'ombra delle sue pagode a scaglie di ramarro, dei suoi tetti di porcellana, delle sue splendide torri a nove piani con le più ardite arcate.

- Muoiono taluni di quegli emigrati in terra straniera? Non importa: la loro salma riposerà egualmente sulla terra della patria, e i bonzi[20] del suo villaggio o della città andranno egualmente a pregare sulla sua fossa.

- Questo popolo, voi l'avrete indovinato già, è il cinese.

- Alcuni anni or sono, i figli del Celeste Impero avevano fissato gli sguardi sulle coste americane bagnate dalle onde dell'Oceano Pacifico. La notizia della favolosa scoperta dell'oro nella nuova California aveva attraversato l'oceano, ed ecco salpare a migliaia e migliaia i codati figli del Celeste Impero, avidi di approdare anch'essi a quella preziosa regione.

- Bastarono pochi anni, anzi pochi mesi si può dire, perché tutte le coste fossero infestate da quegli emigrati. Il piccolo commercio cadde in gran parte nelle loro mani, invasero tutti i posti disponibili, cacciarono i braccianti e gli artieri, facendo loro una guerra accanita a colpi di ribasso sulle mercedi, e le loro colonie in breve divennero numerose e fiorenti.

- Ma il clima nuovo, le privazioni che s'imponevano per accumulare rapidamente grandi ricchezze, le fatiche od altro, facevano dei grandi vuoti fra quella popolazione di emigrati, e moltissimi non ritornarono più in patria a godere i risparmi e a riposare sul suolo natio. E il morire all'estero rincresceva assai ai gialli figli del Celeste Impero.

---

20 Preti buddisti.

73

- Gli intraprendenti americani fiutarono un buon affare, ed una società si costituì in breve, offrendo agli emigrati cinesi di trasportare in patria le salme dei loro compatrioti.

- Ecco comparire adunque le navi-feretro, lugubri vascelli che salpavano con un carico completo di morti.

- Con un processo speciale si impediva al morto di infracidire subito, lo si rinchiudeva in un feretro, lo si portava a bordo e dopo cinque o sei settimane lo si sbarcava nei porti del Celeste Impero, e i parenti lo tumulavano nella terra natia.

- Queste navi esistono ancora, salpano ogni mese da San Francisco di California o da Monterey, e i soci della compagnia fanno splendidi guadagni alle spalle dei poveri morti. Cosa ne penserete ora dell'incontro fatto da mastro Catrame?

- Che era una nave piena di cinesi morti portati in patria, - risposero i marinai, ridendo come pazzi, mentre il viso di papà Catrame si allungava a vista d'occhio.

- È proprio così, vecchio mastro, - disse il capitano. - La nave dei morti, che hai veduto, non era altro che una nave-feretro americana che trasportava verso la Cina un carico di defunti. Ignoro i motivi che avevano costretto l'equipaggio americano ad abbandonarla; ma forse si era aperta improvvisamente una falla, che poi si rinchiuse forse per qualche feretro incastratosi nell'apertura o per altra cagione.

- Avendo ancora le vele sciolte, poté continuare a navigare, finché trovò un ostacolo, forse un banco sottomarino che l'arrestò. Se il tuo capitano non avesse ignorato l'esistenza delle navi-feretro della compagnia americana, non sarebbe diventato pazzo per lo spavento; e forse a quest'ora sarebbe ancora vivo ed occupato a vuotare un buon fiasco di mezcal[21] in qualche ottima posada[22] di Acapulco...

Si alzò e, battendo una mano sulle spalle del mastro che era diventato pensieroso:

- Hai compreso? - disse: - bada, papà Catrame, di non sognare la nave-feretro ed i suoi morti.

Ci allontanammo, chi per montare il quarto di guardia e chi per recarsi a dormire; ma il mastro rimase seduto al suo posto, immerso in profondi pensieri.

---

21 Specie di birra messicana.
22 Albergo, trattoria.

L'apparizione del naufrago

La condanna di papà Catrame stava per terminare; ancora una novella e poi la sua lingua, dopo tanto lavoro, doveva alfine riposare, e molto probabilmente per un bel pezzo. Era però tempo: poiché la nostra nave stava per avvistare le coste indiane, e se il vento avesse continuato a mantenersi buono, il giorno seguente dovevamo scoprire le vette delle grandi montagne.

Disgraziatamente per mastro Catrame, che calcolava appunto su quel vento per giungere in India prima della sera e quindi evitare la novella che gli restava da raccontare, alla notte successe una calma quasi completa, che durò per tutto il giorno.

Quando il sole scomparve, eravamo ancora assai lontani dalla costa, forse un trecento miglia. Papà Catrame parve dapprima contrariato e tardò una buona mezz'ora prima di lasciare la cala; ma finalmente risalì sul ponte e non ci sembrò di cattivo umore.

Forse si consolava pensando che era l'ultima sera. Chissà però se invece non gli spiacesse di finire la pena, addolcita dalle eccellenti bottiglie del nostro capitano? Amava tanto quel delizioso Cipro, che non gli si faceva ingiuria a pensarlo.

- Animo, papà Catrame, - disse il capitano, quando lo vide seduto sul famoso barile: - tira fuori la tua miglior novella, allegra o funebre non importa; ma bada che sia interessante. Se piacerà a tutti, in compenso ti regalerò... Indovina.

- Due bottiglie, - rispose il mastro, leccandosi le labbra.

- No: il barile che ti serve da trono.

- Cosa volete che ne faccia?

- Per Giove! Lo spillerai, vuotandolo un po' per sera, ma senza ubriacarti, veh!...

- Me lo darete pieno? - chiese il vecchio, i cui occhi brillarono di cupidigia.

- Pieno, e di quel Cipro che tanto ti piace.

- Ventre di balena! Mi ubriacherò un'altra volta per guadagnare un altro barile.

- Alto là! papà Catrame: ché alla seconda sbornia ti cambio pena e ti carico di ferri per un mese. Sai il proverbio: «Uomo avvisato...» con quel che segue. Ora lasciamo le chiacchiere e narraci la tua ultima novella.

- Il titolo! - esclamarono tutti.

- «L'apparizione del naufrago», - rispose papà Catrame. - Fate silenzio e lasciatemi parlare.

Stava per aprire la bocca, quando lo vedemmo improvvisamente trasalire e poi diventare pallido pallido, mentre la fronte gli si imperlava di sudore. Il suo viso manifestava una viva ansietà.

- Cosa avete? - chiedemmo.

- Ti senti male, papà Catrame? - domandò alla sua volta il capitano alzandosi.

Il mastro non rispose: pareva che ascoltasse con profondo raccoglimento.

- Non avete udito nulla? - chiese egli, dopo qualche istante.

- Nulla, - rispondemmo stupiti.

Egli mandò un gran sospiro, poi, tergendosi il sudore, mormorò:

- Mi pareva di averla udita.

- Che?... - chiese il capitano.

- La voce di mastro Aniello.

- Chi è questo Aniello?...

- Un mio amico morto sul mare... To'! È strano... si direbbe che è una mania... eppure mi pare sempre di udire quel grido tutte le volte che penso a lui!... Quanti misteri nasconde questo mare!...

Papà Catrame tacque: pareva che ascoltasse ancora: ma non si udivano che i sibili del venticello notturno attraverso l'attrezzatura e il gorgoglìo dell'acqua, tagliata dall'acuto sperone del veliero.

Nessuno di noi osava rompere il silenzio di quel vecchio originale: si sarebbe però detto che una vaga paura ci aveva invasi, e anche il capitano pareva, forse per la prima volta, impressionato.

Finalmente papà Catrame si scosse, si passò una mano sulla fronte quasi volesse cacciare lontano da sé non so quale doloroso ricordo, poi cominciò:

- Non avete mai udito parlare dell'apparizione dei naufraghi? Io non avevo mai creduto che un amico affezionato o un parente adorato potesse ricomparire dopo la sua morte; ma ho dovuto arrendermi all'evidenza di questo strano fenomeno, se fenomeno può chiamarsi.

- Le leggende del mare sono piene di tali apparizioni, e, per quanto sembrino incredibili, vennero registrate da molti e molti autori.

- I bretoni affermano che, quando un marinaio muore durante una tempesta, comparisce la notte seguente sulle spiagge del paese natio e ne dà l'annuncio con grida lamentevoli; che quando una moglie muore nella propria casa, appare al marito che si trova lontano, sullo sterminato mare, fra le onde del primo uragano.

- Anche gl'inglesi credono a queste apparizioni: è nota la storia dell'apparizione di una giovane donna, annegatasi sul mare e che per lungo tempo fu vista aggirarsi sulle spiagge gallesi coperta di alghe e di conchiglie, e si dice che ancora oggi, durante certe notti oscure e tempestose, se ne odono i lamenti; ed è pure nota e ancora commentata in tutta la marina britannica la fine miseranda d'uno dei più brillanti e audaci ufficiali di mare, diventato pazzo in seguito ad un bacio ricevuto da sua sorella morta in Inghilterra, la quale gli era apparsa nella cabina nello stesso momento in cui cessava di vivere.

- Se dovessi citare tutti i racconti che corrono fra gli equipaggi dei due mondi, non finirei più. Mi contenterò di raccontarvi ciò che toccò a me, alcuni anni or sono, nell'Atlantico settentrionale, a mille e duecento miglia dalle coste europee.

- Vi presento un bel tipo di marinaio innanzi tutto: mastro Aniello. Eravamo cresciuti assieme, ci eravamo imbarcati come mozzi assieme e sullo stesso vascello, e ci volevamo un gran bene, come se fossimo fratelli.

- Quando giungevamo in qualche porto, scendevamo sempre in compagnia, e che bevute, figlioli miei! Erano bei tempi quelli: le tasche sempre piene, e poi giovani tutti e due. Del vino ne abbiamo ingollato tanto da far navigare una corvetta di prima classe.

- Un giorno però, il diavolo volle metterci la sua coda, e la nostra amicizia subì un fiero colpo. Mastro Aniello aveva messo gli occhi su di una bruna figlia della sua terra natìa; il suo cuore prese fuoco come le ardenti lave dell'Etna... e la sposò. Pare impossibile! Un marinaio di quello stampo, innamorarsi di una donna!... Uh! quando ci penso, getterei in mare il mio berretto!...

- Ci lasciammo, amici sempre, ma non più fratelli come prima. La donna gli aveva rubato il cuore, e per me non ne restava che un briciolo grosso quanto il salivagnolo che tengo in bocca. Passarono parecchi anni senza che io nulla sapessi di lui, quando me lo vidi giungere sul vascello che montavo, non ricordo più se in un porto della Turchia o della Spagna. Si era arruolato in qualità di quartiermastro fra il nostro equipaggio.

- Ma non era più il mio Aniello d'un tempo, allegro, buono, senza pensieri pel capo. Era invecchiato di dieci anni, triste, taciturno, d'un umore sempre nero.

- La sua donna era morta, la sua barca da pesca era andata a picco in una notte tempestosa, ed egli era ridiventato marinaio; ma si vedeva che ancora piangeva la bruna figlia del paese natìo, e come la piangeva!... Guardate un po' cosa doveva toccare a quel lupo di mare!... Ventre di foca... Non l'avesse mai veduta quella donna!...

- Dunque mastro Aniello era diventato irriconoscibile: parlava solo di rado, viveva da parte e non beveva quasi più. Eh! se avesse vuotato delle bottiglie, l'umor nero se ne sarebbe andato qualche volta; ma non c'era verso che volesse arrendersi ai miei ottimi consigli.

- Bei consigli d'ubriacone! - esclamò il capitano.

Papà Catrame finse di non intendere e continuò:

- Una sera ci trovavamo circa trecento miglia lontano dalle coste dell'America settentrionale. Il tempo era cattivo: soffiava un ventaccio rigido che veniva dai banchi di Terranova e le onde montavano all'assalto del nostro vascello come un branco di molossi affamati, urlando su tutti i toni.

- Io ero di guardia alla ruota del timone e mi affaticavo a mantenere il legno sulla buona rotta, quando vidi avvicinarsi a me mastro Aniello, col viso scomposto e gli occhi stravolti.

- «Catrame», - mi disse, - «credi tu che i morti ritornino?»

- «Che ubbìe ti saltano pel capo?» - risposi. - «Ti pare che questo sia il momento di parlare di cose così lugubri? Va' a bere una bottiglia, Aniello, e scaccia le melanconie».

- Egli crollò il capo e riprese:

- «Dunque tu non credi?»

- «No», - risposi.

- «E cosa diresti se io ti dicessi che poco fa, dinanzi alla prua della nave, fra due onde, ho veduto apparire la mia donna?»

- Lo guardai rabbrividendo; mi ricordavo della storia dell'ufficiale inglese, e non ignoravo le dicerie dei marinai bretoni.

- «Hai veduto male, Aniello», - diss'io, cercando di apparire calmo.

- Egli mandò un profondo sospiro e mi lasciò, mormorando non so quali parole.

- L'indomani, quando lo rividi sul ponte, mi parve che fosse più triste del solito. Salì sul castello di prua senza guardarmi in viso, e stette lì parecchie ore, immobile, col viso alterato, gli occhi fissi fissi sulle onde e le braccia strettamente incrociate.

- Povero Aniello!... Cercava fra quelle onde l'apparizione veduta nella notte? O forse il suo cervello non era più fermo come prima e gli danzava nella zucca? Lo lasciai fare, ma non lo perdetti d'occhio, poiché sentivo per istinto che quel disgraziato doveva finire male la sua vita.

- Da quel giorno infatti notai che cercava avidamente la morte. Si esponeva dove le onde si rovesciavano con maggior furia sul nostro legno; s'avventurava, con una temerità che faceva raddrizzare i capelli sulle più alte cime della alberatura e si spingeva fino all'estremità dei pennoni, anche durante le più fiere tempeste, per fare un nodo o per aggiustare una fune.

- Invano io lo rimproveravo e gli dicevo che simili prodezze bisognava lasciarle ai mozzi, più agili e più lesti di lui: crollava il capo, mi faceva cenno di tacere e mi lasciava lì senza pronunciare una sola parola.

- Eravamo giunti a mezza via fra l'America e l'Inghilterra, quando fummo sorpresi da un violentissimo uragano, uno dei più formidabili che io abbia veduti e provati.

- Il nostro vascello pareva che fosse diventato un semplice guscio di noce. Rollava disperatamente, s'inabissava fino al capo di banda, imbarcava ad ogni istante vere montagne d'acqua e si rovesciava sui fianchi con tale violenza da farci ruzzolare come botti, da babordo a tribordo.

- Quantunque fosse ancora giorno, l'oscurità era quasi completa. Si sarebbe detto che il sole era andato a passeggiare nell'altro emisfero e che le tenebre si erano imposte alle nubi.

- Ad un tratto si spezza l'alberetto di maestra, rimanendo sospeso per un semplice paterazzino[23]. Il vento e le onde gl'imprimevano tali scosse, da temere che da un istante all'altro ci piombasse sul capo.

- Nessuno ardiva salire lassù per spingerlo in mare, poiché la furia del vento era tale da trascinare con sé l'uomo più saldo e robusto.

- D'improvviso appare sul ponte mastro Aniello. Vede l'alberetto e si slancia verso le griselle[24] per salire.

- Compresi che quell'uomo andava a cercare la morte. Lo raggiunsi nel momento in cui stava per montare sui primi scalini.

- «Disgraziato, cosa fai?» - gli chiesi. - «Non vedi che lassù vi è la morte?»

- Egli mi guardò con due occhi che mandavano vivi bagliori, con due occhi da pazzo, e sorrise tristemente.

---

23 Fune di poca grossezza e che serve di sostegno agli alberetti.
24 Scale di corda.

- «La morte!...» - esclamò con voce rauca. - «Forse che Aniello la teme? Va', Catrame, e se muoio, ricordati di me».

- Con una spinta irresistibile mi allontanò, poi sparve fra l'oscurità, e mentre saliva, lo udivo ridere, ma d'un riso che faceva fremere e raggrinzare il cuore.

- Alla vivida luce d'un lampo lo vidi sull'alto dell'albero lottare contro il vento che cercava di spingerlo nello spumeggiante abisso, inerpicarsi sulle esili griselle delle crocette, poi afferrare l'oscillante alberetto.

- Cosa accadde poi? L'oscurità non mi permise di vedere altro; ma d'improvviso udii echeggiare tra i fischi del vento e i muggiti dell'oceano un urlo acuto, terribile, e distinsi a stento una massa confusa piombare fra le onde. Mastro Aniello era caduto insieme coll'alberetto e il mare li aveva inghiottiti entrambi!...

Papà Catrame si arrestò: era pallido e sulla sua fronte rugosa vidi apparire delle grosse gocce di sudore.

Sembrava che ascoltasse di nuovo: si era curvato verso il tribordo e impallidiva sempre più. Ascoltammo anche noi; fosse illusione od altro, udimmo o ci sembrò di udire in lontananza un grido che pareva d'uomo.

- Avete udito? - chiese mastro Catrame, con voce alterata.

- Non ho udito nulla, - rispose il capitano.

- Eppure!...

- Hai scambiato qualche scricchiolio del legname con un grido. Tira innanzi, papà Catrame, che sono curioso di sapere come termina la tua storia.

- È una cosa strana, - riprese il vecchio marinaio, come parlando fra sé. - Ho sempre quel grido straziante negli orecchi, quel grido che mi parve come un ultimo addio dell'amico d'infanzia!... Povero Aniello! Chissà quale pensiero gli passò pel capo, nel momento in cui piombava nell'oceano dall'alto della crocetta! Orsù, pensiamo ad altro.

- Tutte le manovre tentate per salvare quel disgraziato, riuscirono vane. L'uragano ci trascinava verso l'Est con furia irresistibile, e l'amico mio trovò fra le onde la morte, che con tanta ostinazione cercava.

- Da quel momento cominciai a provare delle misteriose paure e quasi quasi dei rimorsi. Se gli avessi impedito di salire su quell'albero, forse sarebbe ancora vivo. Sia maledetta quella notte!...

- Per lungo tempo fui in preda ad una viva agitazione e negli orecchi avevo sempre quelle parole che egli mi aveva dette pochi giorni prima che morisse: «Catrame, credi tu che i morti ritornino?...»

- Devono ritornare, sì, checché ne dicano gli spregiudicati, e anche Aniello doveva tornare. Lo sentivo attorno a me, sebbene non lo vedessi ancora. Quando di notte io scendevo nella cala, mi pareva di veder dinanzi a me un'ombra più nera e più densa delle tenebre; udivo dei fruscii strani nelle corsie della nave e, quando mi trovavo solo, tintinnare i bicchieri e le bottiglie e oscillare la mia branda, anche se il mare era perfettamente tranquillo.

- Avrò sognato forse, quantunque so che ero desto; ma una notte sentii due labbra gelide posarsi sulla mia fronte e un'altra volta svolazzare qualche cosa attorno al viso. In quei momenti, sempre mi tornava alla memoria quella frase: «I morti ritornano», e sentivo agghiacciarmi il cuore.

- Erano passati due mesi. Avevamo toccato le coste inglesi ed eravamo ripartiti per quelle americane con un carico di cotoni lavorati.

- Una sera, mentre ci trovavamo presso a poco nel punto dove si era inabissato mastro Aniello, nello scendere nella stiva udii distintamente un grido che pareva sorgesse dalle profondità dell'oceano. Era il grido echeggiato fra l'uragano due mesi innanzi, era quello emesso da Aniello nel momento in cui piombava giù dall'albero.

- Atterrito, risalii in coperta e mi diressi a prua, spinto da una forza misteriosa. La notte era cupa: soffiava forte il vento, e il mare si rompeva furioso contro il nostro veliero.

- D'improvviso, a una gomena di distanza, vidi apparire sulla superficie dell'oceano un largo flotto di spuma, poi balzare su un alberetto, e aggrappato a quello un uomo.

- L'apparizione si spiegò manifesta sulle onde e distinsi nettamente mastro Aniello, coperto di conchiglie e di alghe marine. Mi guardò per alcuni istanti, mi fece un segno colla destra a mo' di saluto, poi s'inabissò in mezzo ad un cerchio fosforescente che spiccava vivamente fra la profonda oscurità.

- Voi direte che in quel momento io sognavo, o che il mio cervello non era a posto, o che i miei occhi hanno creduto di vedere; ma io vi rispondo di no! Ero sveglio come sono ora, il vento era gelido e non permetteva di sognare o di dormire in piedi, né avevo assaggiato un sorso di vino o di liquore.

- Rimasi come inchiodato sul castello di prua, pazzo di terrore, cogli occhi fissi sul muggente oceano, parendomi sempre di vedere riapparire il morto, e nei miei orecchi sentivo risuonare dei funebri rintocchi, come quella notte terribile in cui udii la campana dell'inglese Morthon.

- Quando mi tolsero di là, poiché da solo non sarei stato capace di fare un passo, io deliravo. Caddi ammalato, non so se per lo spavento o per l'emozione provata, e nei miei deliri mi pareva di sentire sulla fronte il freddo bacio di mastro Aniello e di vedermelo ricomparire dinanzi pallido come i morti, seminudo e cogli occhi sbarrati, fissi su di me, come in quel momento in cui lo vidi sorgere dagli abissi dell'oceano, tra il candido flotto di spuma.

- Guarii..., le visioni sparvero..., la paralisi che mi colse passò... trascorsero molti anni..., eppure tutte le volte che mastro Aniello mi torna alla memoria, odo ancora quel grido straziante, e chissà... forse non cesserà se non colla mia morte...

Mastro Catrame tacque, chinando il capo sul petto. Nessuno osava parlare: eravamo anche noi impressionati vivamente da quella triste storia. Anche il capitano taceva e mi pareva che fosse diventato pallido come il vecchio marinaio.

Per parecchi minuti un profondo silenzio regnò a bordo del nostro legno, appena rotto dal flebile lamento del vento e dal frangersi delle onde. Ad un tratto il capitano si scosse e, guardando il mastro, che continuava a tacere:

- Hai sognato, papà Catrame, - disse.

Il vecchio crollò il capo.

- No, - rispose poi.

- La paura ti ha fatto vedere l'amico tuo.

- No, - ripeté il mastro.

- Forse fu una...

- È inutile! - esclamò il mastro con tono energico. - I naufraghi riappariscono!...

In quell'istante sul mare s'alzò un grido acuto, un grido che pareva voce umana.

Balzammo tutti in piedi lividi pel terrore, mentre mastro Catrame precipitava dal barile, urlando con voce strozzata:

- Lo udite?... È lui!...

Il capitano era impallidito come noi.

È impossibile! - esclamò.

Il grido si fece riudire, e questa volta più chiaro e vicino.

- È lui! - ripeté mastro Catrame con voce tremante.

Il capitano fece un gesto di furore e si slanciò verso la murata prodiera, mentre tutti gli altri si stringevano attorno al vecchio marinaio.

Uno scroscio di risa echeggiò a prua.

- Ah! un dugongo![25], - disse il capitano. - L'India ci è vicina - Un dugongo! - esclamarono i marinai, respirando.

Mastro Catrame si alzò lentamente, si terse il freddo sudore che gli inondava la fronte e se ne andò balbettando:

- Eppure i morti ritornano!

E sparve nella stiva, mentre il veliero correva ratto verso l'India, le cui coste spiccavano nettamente fra i pallidi raggi dell'astro notturno, il vento mormorava dolcemente fra l'attrezzatura, e l'onda gorgogliava attorno allo sperone, mandando strani bagliori.

Il giorno dopo, il nostro veliero gettava l'ancora nel porto di Bombay, di fronte all'isola di Salsette.

Mastro Catrame, come era sua abitudine, rimase rintanato nelle tenebrose cavità della cala; quell'uomo aveva in orrore la terra e quando si sentiva vicino alla costa non avrebbe abbandonato la sua nave per cento bottiglie di vino di Cipro.

Io, avendo compiuto il mio impegno col capitano e contando di rimanere in India qualche tempo, prima di abbandonare la nave volli rivedere una volta ancora il vecchio mastro.

Lo trovai in fondo alla sua cala, sdraiato a fianco del famoso barile che il capitano, come aveva promesso, gli aveva donato, e pieno di quell'eccellente Cipro così caro financo ai mussulmani.

---

25 Grosso mammifero che vive presso le coste e che emette delle grida acute. Indica la vicinanza delle spiagge.

Quando mi vide si alzò, spillò un gran bicchiere, e, offrendomelo col più amabile sorriso che fosse mai apparso su quelle labbra d'orso, mi disse:

- Vi auguro buona fortuna, signore, e spero, nel prossimo viaggio, di vuotare in vostra compagnia un altro boccale di questo delizioso vino.

Poi, mentre io sorseggiavo il contenuto del bicchiere, mi si piantò dinanzi colle braccia incrociate sul petto, guardandomi fisso fisso. Mi pareva imbarazzato e dimenava la lingua come se avesse voluto dire qualche cosa d'altro, senza però osarlo.

- Orsù, papà Catrame, - diss'io ridendo. - Cosa vi frulla pel capo?...

- Ma... è che... non so...

- Parlate, perbacco! Vi faccio paura forse?

Il vecchio si guardò d'intorno come per assicurarsi che nessuno poteva udirlo all'infuori di me, poi mi si avvicinò con una cert'aria misteriosa e mi disse, grattandosi il capo:

- Io so... che voi scrivete... Se un giorno avrete del tempo da gettar via... eh, per Giove!...

- Avanti, papà Catrame.

- Ebbene... il colpo ormai è partito. Ditemi: vi spiacerebbe scrivere le mie leggende? Non per me, veh! ma per quegli increduli che vorrebbero gettar tra i ferri vecchi le leggende del mare.

- Con tutto il piacere; se avrò tempo, vi prometto di scriverle.

Il vecchio mastro mi strinse vigorosamente la destra, mentre mi diceva:

- Spero di rivedervi. Sono vecchio, assai vecchio, ma ho la pelle salda ancora.

Ci lasciammo. Mentre però stavo per salire la scala, egli mi richiamò.

- Mi dimenticavo una cosa, - mi disse.

Si frugò nel petto e staccò da un piccola cordicella un pezzo di corallo in forma di corno.

- Prendete, - mi disse: - ciò vi porterà fortuna!...

E ci separammo entrambi commossi.

Che uomo! Che uomo era quel mastro Catrame!